Le Match de la Séductions

Les frères Kelly, Tome 2

par

Crista McHugh

Breakaway Hearts
Copyright 2014 by Crista McHugh
Edited by Gwen Hayes
Copyedited by Elizabeth MS Flynn
Cover Art by Sweet N' Spicy Designs

Le match de la séduction
Translated by Déborah Ilhe

This is a work of fiction. Names, places, businesses, characters and incidents are either the product of the author's imagination or are used in a fictitious manner. Any resemblance to actual persons living or dead, actual events or locales is purely coincidental.

ISBN-13: 978-1-940559-55-1

CHAPITRE UN

Ben Kelly avait été envoyé contre les balustrades à de nombreuses reprises au cours de sa carrière de hockeyeur, mais c'était sans commune mesure avec ce qu'il était en train de vivre.

Hailey, la femme qu'il avait rencontrée quelques heures avant au match des Whales de Vancouver, était littéralement en train de lui faire un plaquage, pour son plus grand plaisir. Elle glissa ses doigts dans ses cheveux, le tenant près d'elle tandis que ses lèvres dévoraient les siennes et que l'ascenseur de verre montait vers la chambre d'hôtel du jeune homme.

Il ne fit rien pour la repousser. Il enfonça ses pouces dans les poches arrière du jean de Hailey, prenant à pleines mains son petit cul rond et parfait pendant qu'il subissait son assaut avant de prendre le contrôle à son tour. Un gémissement sortit de la gorge de la jeune femme lorsque sa langue plongea dans sa bouche. Le goût subtil des Red Vines[1] y subsistait encore, ne faisant qu'ajouter à son goût sucré. Elle les avait mangés pendant le Kiss Cam[2] dont ils avaient été les héros pendant le match, et elle l'avait attiré tout près d'elle en utilisant un de ces bâtonnets, dans le style *La Belle et le Clochard*. Lorsque leurs lèvres s'étaient

---

[1] **Red Vines** : des bâtonnets de réglisse arômatisés
[2] **Kiss Cam** : baiser filmé pendant la mi-temps traditionnel au Canada et aux États-Unis

rencontrées, ce qui avait débuté par une étrange attirance avait explosé pour devenir un désir à part entière. À la fin du match, il savait qu'il devait l'emmener dans sa chambre d'hôtel, *pronto*.

Elle se trémoussait très légèrement sur son érection.

Maintenant, c'était lui qui gémissait. *Est-ce que ce putain d'ascenseur ne peut pas aller plus vite ?*

Le « ding » annonçant leur étage résonna enfin, et Hailey s'écarta, ses yeux bleus azur devenant rieurs alors qu'elle mordillait une dernière fois la lèvre inférieure de Ben. Une fossette se dessina sur sa joue gauche au moment où elle lui envoya un sourire espiègle.

Ben chercha la clé de sa chambre dans sa poche, sa main frôla le préservatif que Caleb y avait glissé de manière flagrante lorsqu'il avait pris ce dernier à part après le match pour lui demander si cela le dérangeait de dormir dans une autre chambre. Normalement c'était son frère cadet qui draguait les filles et qui les ramenait pour de brefs ébats, pas lui. Ben préférait y aller lentement, il aimait observer et agir une fois qu'il avait éliminé toutes les autres options. La spontanéité n'était pas dans sa nature.

C'est ce qui rendait cette nuit-là si étrange.

En fait il y avait cela, mais aussi le fait que la femme qu'il ramenait dans sa chambre d'hôtel, pour ce qui avait le potentiel d'être la partie de jambes en l'air la plus époustouflante de toute sa vie, avait des cheveux assortis à ses yeux. Pas son genre habituel. Il avait tendance à préférer les femmes calmes comme lui, discrètes avec des cheveux et un maquillage classiques. Lorsqu'elle s'était assise à côté de lui, il avait été sur le point de la rejeter en la considérant comme une puck bunny[3] jusqu'à ce qu'elle commence à

---

[3] Puck Bunnies : Aussi appelées *plottes à puck* - Des jeunes filles fan de joueurs de hockey dont le but est d'avoir une aventure sexuelle avec un d'entre eux

énumérer des statistiques de hockey comme Don Cherry[4]. La fille savait de quoi elle parlait, quasiment aussi bien que lui. Ce qu'il avait appris ensuite, c'est qu'elle l'avait totalement enrôlé dans la conversation. Au moment où ils avaient fini sur l'écran géant, il avait totalement succombé à la fille dont la chevelure avait la couleur des Schtroumpfs.

Hailey prit sa main libre et le tira hors de l'ascenseur. « Où est ta chambre ? »

« Par là. » Il la guida dans le couloir, son cœur battant à tout rompre et s'attendant à ce que des sonnettes d'alarme se déclenchent dans sa tête. Mais au lieu de cela, ses doutes diminuaient à chacun de ses pas. Il n'aurait jamais imaginé qu'une relation d'un soir puisse sembler aussi naturelle.

Sa main trembla au moment où il inséra la clé dans le lecteur de carte, mais il était incapable de déterminer si cela était dû à l'anxiété ou au fait que Hailey avait enroulé ses bras autour de sa taille en se tenant derrière lui et qu'elle était déjà en train de défaire sa ceinture.

« J'ai tellement hâte de te déshabiller », murmura-t-elle dans son oreille.

La douleur qu'il ressentait dans sa queue tripla. « Je ressens la même chose. »

La porte s'ouvrit à la volée, et ce fut à son tour de la tirer vers l'intérieur. Elle ferma la porte derrière elle d'un coup de pied et elle souda de nouveau ses lèvres aux siennes. Le désir brûlant dans son baiser coupa le souffle de Ben. Il avança à l'aveugle dans le couloir étroit, trop concentré sur le fait de lui enlever son T-shirt des Vancouver Whales. Au moment où ils tombèrent sur le lit double le plus proche, ils avaient tous les deux réussi à retirer leurs sous-vêtements.

Mon Dieu, elle était magnifique. Grande et svelte avec des muscles fins et saillant sous une peau pâle sans défaut,

---

[4] Don Cherry : ancien joueur professionnel et entraîneur devenu commentateur de hockey au Canada et aux États-Unis

elle était bâtie comme une athlète, avec un soupçon de courbes féminines. Ses cheveux bleus tombaient autour de sa tête comme une cascade, et la fossette sur sa joue gauche le suppliait presque de lui donner un baiser.

« Tu viens ? » Le regard de Hailey tomba sur la bosse dans son boxer et une fossette assortie apparut sur son autre joue.

Tout son sang se précipita de sa tête vers son aine. Si la chance était de son côté, il viendrait en quelques minutes. Il trouva son jean sur le sol et il sortit le préservatif qu'il plaça sur la table de chevet. C'était sa question muette pour elle. Est-ce qu'elle voulait continuer ? Ou est-ce qu'elle voulait qu'il arrête ?

Elle prit le sachet en aluminium. « Merci mon Dieu, tu en as un. Je prends la pilule, mais ça ne fait jamais de mal de prendre des précautions supplémentaires. »

Ses dernières hésitations s'évanouirent. Il allait s'envoyer en l'air cette nuit, et il était libre de profiter de chaque minute.

Elle lança le préservatif sur la table de nuit et elle l'attira vers elle pour que son corps couvre le sien. Sa peau satinée lui rappela qu'elle était une vraie femme. Ses longues jambes fines s'enroulèrent autour de ses hanches et l'appuyèrent contre la chaleur de son ventre, alimentant le désir qui montait en lui. Même si elle avait encore son slip, il pouvait sentir à quel point elle était humide et prête pour lui à chaque fois qu'elle se plaquait contre lui.

Après trente secondes qui lui semblèrent une éternité, il réussit à détacher son soutien-gorge et à le faire voler dans la chambre. Ses seins étaient petits, il pouvait facilement les recouvrir avec ses mains, et ils arboraient des tétons roses des plus délicats. Il fit courir son pouce sur l'un d'eux et elle frissonna.

Sa réaction l'intrigua. Il refit le même geste, observant le tremblement quasi imperceptible parcourir le corps de la jeune femme. À dix-neuf ans, il n'avait été qu'avec deux autres femmes, et aucune d'elles n'avait réagi à son contact comme Hailey l'avait fait.

Mais encore une fois, aucune d'elles n'avait éveillé le même niveau de désir dévorant chez lui qu'elle. Il voulait tout d'elle. Il avait hâte de rentrer en elle, de découvrir à quel point elle était serrée autour de lui alors qu'il glisserait en elle, de l'entendre crier son nom quand il la ferait jouir. Mais d'abord il devait savoir comment elle réagirait s'il prenait un de ces adorables petits tétons roses dans sa bouche.

Elle haleta quand il l'effleura avec sa langue et elle cambra son dos, appuyant encore plus son sein dans sa bouche. Un instant plus tard, un gémissement suivi lorsque ses dents frôlèrent le point sensible.

Maintenant, c'était au tour de Ben de trembler. Le moindre son et le moindre mouvement imperceptible qu'elle faisait prenait une dimension érotique. La douleur qu'il ressentait dans sa queue s'étendit à ses testicules, un signal d'alarme indiquant qu'il était quasiment sur le point de jouir, mais il ne pouvait se détacher de ses seins et des murmures excitants qu'elle poussait à chacune de ses morsures et à chaque fois qu'il effleurait ses tétons avec sa langue.

Ses faibles gémissements se transformèrent en cris perçants. Ses hanches remuaient sous lui, s'écrasant encore davantage contre sa queue, mais il continua. Il ne se lassait pas d'elle.

Puis, d'un mouvement rapide, elle le fit tomber sur le dos et elle le chevaucha. « Ça suffit », dit-elle d'une voix tremblante, la respiration haletante. « Je te veux en moi, maintenant. »

Il fit un large sourire lorsqu'elle fit glisser son boxer en tirant d'un coup sec, puis son propre slip. Une autre première pour lui. D'habitude, c'était lui qui suppliait pour être nu, attendant patiemment que sa partenaire donne son consentement. Hailey n'avait pas demandé - elle avait agi.

Sa fameuse fossette réapparut lorsqu'elle posa les yeux sur sa queue en érection, les yeux écarquillés. « Mon Dieu, tu es énorme. »

Son moment de fierté se transforma en pur bonheur lorsqu'elle le prit dans sa bouche. Tellement chaud. Tellement humide. Il ne put retenir le gémissement qui s'éleva de sa poitrine. C'était à cela qu'une fellation devait ressembler. Il enfonça ses ongles dans les couvertures lorsque la langue de Hailey s'enroula le long de son manche pour remonter jusqu'à sa pointe et redescendre. La contraction dans ses testicules augmentait à chaque mouvement de la tête de la jeune femme. Un gémissement naquit dans sa gorge et il se mit à supplier : « Arrête, je t'en prie, arrête. »

Elle le lâcha et elle leva les yeux vers lui. L'inquiétude transparaissait sur son visage. « Est-ce que j'ai fait quelque chose de mal ? »

« Non, pas du tout. » Ses poumons se gonflaient aussi vite que les siens au moment où elle l'avait arrêté un instant plus tôt. « Mais si tu continues, je vais venir bien trop tôt pour que tu prennes du plaisir. »

Un rire de soulagement fit de nouveau réapparaître la fameuse fossette. « On ne peut pas se permettre ça maintenant, pas vrai ? » Elle saisit le préservatif sur la table de chevet. « Prêt pour ça ? »

Il était prêt depuis l'instant où leurs lèvres s'étaient touchées.

Il s'assit pour le prendre, s'arrêtant pour un baiser furtif. Le goût du désir de Hailey était encore plus prononcé qu'avant, et pourtant il tempérait suffisant le sien pour qu'il n'ait pas peur de voir venir le moment où il entrerait en elle. Il voulait durer aussi longtemps que possible, pour faire durer le plaisir autant qu'il le pourrait et savourer chaque seconde avec elle.

Elle enroula ses bras autour de son cou, faisant courir ses doigts dans ses cheveux tout en rendant le baiser plus langoureux. L'ambiance *Baise-moi vite fait* avait disparu. Sa langue suivait son rythme plus lent dans une danse sensuelle qui enflamma ses veines.

Ben ferma les yeux et respira son odeur fraîche. Elle sentait le savon et la neige, la glace et les Red Vines. Aucun parfum capiteux de fleurs, ni aucun parfum fruité féminin sur elle. Juste une odeur qui lui était unique.

Elle mit fin au baiser, elle inspira et elle baissa les yeux tandis que sa lèvre inférieure tremblait. « Ben, qu'est-ce que tu veux de moi ? »

Plus qu'une nuit.

Cette pensée le prit par surprise et serra sa poitrine. Il venait juste de rencontrer Hailey. Il ne savait quasiment rien d'elle, en dehors du fait qu'elle était canadienne et qu'elle aimait le hockey autant que lui. Et pourtant, il voulait plus. Il voulait passer du temps avec elle, voir plus de matchs avec elle, s'asseoir à côté d'elle pour dîner et lui prendre la main pendant qu'il apprenait à mieux la connaître.

Mais il n'osa pas lui parler de tout cela. La dernière chose qu'il voulait, c'était l'effrayer et la faire fuir alors qu'il était si proche de son soulagement. Peut-être qu'il pourrait aborder le sujet ensuite et lui demander son numéro de téléphone pour voir où tout cela les mènerait. Mais pour l'instant, il avait envie d'elle autant qu'elle avait dit qu'elle avait envie de lui.

Il ouvrit l'emballage et il roula le préservatif sur son abandon insouciant.

Elle hocha la tête comme si elle comprit ses pensées et elle l'attira vers le matelas avec elle, guidant sa queue vers l'entrée de son sexe.

Il entra facilement en elle et il prit une grande inspiration à travers ses dents serrées. Être en elle était encore plus agréable que ce qu'il avait imaginé.

« Tu es comme le paradis », dit-elle doucement.

La voix de Ben se brisa. « Toi aussi. »

« Encore, Ben. » Elle enroula ses jambes autour de lui, l'attirant plus profondément en elle. « J'en veux plus. »

Et il était ravi de lui en donner plus. Il commença lentement, déterminé prolonger le frottement exquis dont il avait profité pendant leur baiser. Il sortit en laissant son gland en elle avant de glisser de nouveau aussi profondément qu'il le pouvait. La base de sa colonne frissonna et de la sueur perla sur son front. Même en y allant doucement, c'était presque trop.

Il s'immobilisa, essayant de se concentrer sur autre chose que sur les sensations merveilleuses qu'elle lui procurait pour ne pas jouir tout de suite.

Elle lui montra son impatience en ondulant ses hanches. « Plus vite, Ben. »

Oh, et puis merde !

Il abandonna l'idée d'essayer de durer plus longtemps que tous les hommes qu'elle avait rencontrés avant lui. S'il ne commençait pas à agir rapidement, aucun d'eux ne jouirait. Il monta et baissa ses hanches, trouvant un rythme pouvant leur procurer du plaisir à tous les deux, et il fut récompensé par un sourire radieux.

« Oui, Ben, là, juste là. »

Son enthousiasme l'encouragea. Il accéléra, s'enfonçant plus profondément à chaque coup de rein, son pouls battant plus vite à chaque soupir de plaisir.

Hailey cambra son dos, l'invitant à sentir ses creux tandis que son corps se soulevait pour rencontrer le sien. Ses jambes se serrèrent autour de sa taille. Ses doigts coururent le long de sa colonne et s'enroulèrent dans ses cheveux alors que sa respiration devenait haletante. Ses paroles devenaient incompréhensibles même si elles continuaient à sortir de ses lèvres.

La douleur qu'il ressentait à la base de sa queue réapparut

de manière vengeresse, indiquant le point de non-retour. Il mordit sa lèvre inférieure et ses mouvements devinrent plus forts, il était déterminé à faire en sorte qu'elle jouisse avant lui.

Elle le fixa droit dans les yeux. « Tellement proche, Ben, je suis tellement - »

Ses mots se brisèrent en un cri étouffé, et ses parois internes se contractèrent autour de lui, le serrant au point qu'il lui fut impossible de retenir son orgasme plus longtemps. Il plongea encore une fois en elle et il cria son nom en jouissant.

Le temps semblait s'être arrêté. Il sentit les palpitations de son cœur jusque dans sa queue, ce qui lui rappela qu'il était en vie même si le reste de son corps refusait de lui obéir. Ses muscles raides le paralysaient au point qu'il était incapable de faire quoi que ce soit à part la regarder et profiter des vagues de bonheur qui le parcouraient.

Ses bras le trahirent et il s'effondra sur elle. « C'était merveilleux », dit-il d'une voix rauque et épuisée.

« Tu m'enlèves les mots de la bouche. » Elle continua à faire courir ses doigts le long de sa colonne d'une manière nonchalante qui menaçait de le faire dormir. « Tu n'aurais pas un autre préservatif dans ta poche par hasard ? »

Il pouffa de rire. La seule raison pour laquelle il avait le premier, c'était que son frère le lui avait donné. Il n'était pas le genre d'homme à garder un préservatif dans sa poche *juste au cas où*. « J'ai bien peur que non. »

Elle répondit par un soupir. « C'est vraiment dommage. J'espérais qu'on pourrait recommencer une fois que tu aurais récupéré. »

C'était tentant. Très tentant. Et elle avait dit qu'elle prenait la pilule, donc le risque était peu élevé.

Il leva la tête et lui offrit un sourire ensommeillé. « C'est à toi de voir. »

Elle fit un large sourire et elle dégagea les cheveux qui

9

recouvraient le visage de Ben. « Tu donnes l'impression que tu vas t'évanouir sur moi. »

« C'est toi qui m'ordonnait d'y aller plus fort et plus vite. »

Elle gloussa et elle détourna le regard. « Tu sais, ce n'est pas dans mes habitudes de faire ça, mais je suis contente d'être rentrée avec toi ce soir. »

Il sentit son ventre se serrer lorsqu'elle leva les yeux vers lui dans l'attente de sa réponse. « Ouais, moi aussi. »

Il voulait dire plus de choses pour mettre à exécution son plan qui consistait à lui demander son numéro de téléphone et à lui suggérer de rester en contact, mais sa langue était aussi molle et lourde que le reste de son corps. Il roula sur le côté en l'entraînant avec lui.

Elle s'allongea le long de lui et elle posa sa tête sur son épaule. « Dors pendant que tu le peux, Ben. »

Il prit une profonde inspiration pour sentir son odeur, puis il ferma les yeux.

Lorsqu'il les rouvrit, il était seul. Le réveil affichait 3h34. Les draps froissés à côté de lui indiquaient l'endroit où se trouvait Hailey, mais ils étaient devenus froids depuis longtemps.

Il s'assit et il l'appela en criant son prénom, mais il n'obtint aucune réponse. Il resta immobile, cherchant en vain la moindre trace de sa présence dans la chambre. Ses vêtements avaient disparu. Elle était parti, et il ne lui restait rien à part un souvenir.

Putain !

Ben se laissa tomber dans le lit et fit courir ses doigts dans ses cheveux, se maudissant d'avoir raté cette opportunité. Il aurait dû lui demander son numéro de téléphone quand il en avait eu l'occasion. À présent, il ne savait absolument pas comment la retrouver. Il ne connaissait même pas son nom de famille.

Après avoir passé quelques minutes à broyer du noir, il

baissa les yeux et il se rendit compte qu'il était tellement épuisé qu'il n'avait même pas jeté le préservatif. Il prit le morceau de latex flétri, il remarqua la faible quantité de sperme inhabituelle qui restait à l'intérieur, puis il alla dans la salle de bain pour le jeter.

Et il trouva un mot sur un bloc-notes de l'hôtel.

> *Cher Ben,*
> *Merci pour tout. Je n'oublierai jamais cette nuit.*
> *<3,*
> *Hailey*

Il fit glisser son doigt sur les sillons creusés par le stylo, s'arrêtant sur le petit cœur qu'elle avait dessiné en bas, puis il se mit à greloter. Le remords déchirait ses entrailles comme un ours sauvage. Il avait peut-être raté sa chance avec elle, mais lui non plus n'oublierait pas cette nuit-là.

Il arracha le mot qu'il plia en quatre, puis il le glissa à l'arrière de son portefeuille.

CHAPITRE DEUX
Neuf ans plus tard.

La glace l'avait appelé.

Après sa déchirure du genou, Ben avait juré de ne plus jamais s'approcher d'une patinoire de hockey.

Et pourtant il se tenait dans l'ombre, tenant fermement sa canne et les articulations blanchies pendant qu'il observait une mêlée d'adolescents en se disant qu'il aurait aimé pouvoir aller les rejoindre.

« Allez les mecs », aboya l'entraîneur. « Erikson vous met tous à l'amende. »

Il suivit le doigt de l'entraîneur tendu vers le joueur qui avait le palet. Le garçon était grand et mince, probablement un membre junior de l'équipe à en juger par son manque de masse musculaire. Mais il compensait ce qui lui faisait défaut en taille par sa vitesse et son talent. Il maniait le palet aussi bien que tous les joueurs que Ben avait affrontés dans la NHL, le faisant passer de la droite vers la gauche et se débarrassant de ses adversaires avec une feinte. Un tir frappé plus tard, le palet était dans le filet.

Un gémissement parcourut l'équipe au moment où Erikson leva les mains en l'air et fit un petit tour d'honneur de la patinoire.

L'entraîneur marmonna quelque chose dans sa barbe et regarda son porte-bloc avant d'inscrire quelque chose sur ce dernier. « Ça fait six, les mecs. Vous me faites honte. »

Ce ne fut qu'au moment où Erikson se rapprocha de lui

que Ben comprit pourquoi.

Erikson était une fille.

Le casque dissimulait ses cheveux, mais il n'y avait aucun doute sur la courbure féminine de ses lèvres ni sur le bord épais de ses cils. Deux fossettes assorties creusèrent ses joues lorsqu'elle donna un coup de hanche taquin à un des garçons, et un sentiment de déjà-vu le parcourut. Elle lui semblait familière, mais il n'arrivait à se rappeler pourquoi.

Sa curiosité le poussa à sortir de l'ombre et à descendre l'escalier en direction de l'entraîneur ; en cet instant, son genou ne protestait plus à chacun de ses pas. Il attendit que l'entraîneur ait fini d'annoncer le prochain match avant de demander : « Équipe locale ? »

L'entraîneur sursauta, puis il le regarda de haut en bas en plissant les yeux. « Je ne vous ai jamais vu avant. »

Ben se retint de rire. Après avoir passé des années à être reconnu partout où il allait, l'anonymat était agréable pour une fois. C'était impressionnant à quel point raser une barbe des séries[5] et se faire couper les cheveux pouvaient avoir de l'effet. Il n'avait pas eu les cheveux courts depuis sa première sélection. « Je viens d'arriver en ville. »

L'entraîneur l'observa de plus près, et l'espace d'une seconde Ben eut peur que son secret ne soit découvert. « Je sais que je vous ai vu quelque part. Vous avez déjà joué au hockey ? »

Ben fit un large sourire. « Ouais, un tout petit peu. »

« C'est ce que je pensais. Vous avez la carrure d'un attaquant puissant. »

Ce n'était pas le premier entraîneur qui disait cela. Mesurant 1,95m et pesant 108kg, il avait toujours été un des joueurs les plus grands de l'équipe, mais il n'avait pas la

---

[5] Barbe des séries : Il est de coutume chez les joueurs de la NHL de ne pas se raser pendant les séries éliminatoires jusqu'à la défaite ou jusqu'à la victoire

nature agressive nécessaire pour ce poste. En fait, il avait connu une carrière couronnée de succès en tant que gardien de but : des équipes All-Pro, des médailles olympiques et même des voyages pour les finales de la Coupe Stanley.

Jusqu'à ce qu'une mauvaise collision ne mette fin à tout cela douze mois avant.

Il s'était retiré dans la station balnéaire de Cascade, en Colombie-Britannique, pour panser ses blessures, mais après être resté enfermé chez lui pendant une semaine, la solitude était devenue insupportable. Il était descendu de la montage et il avait conduit jusqu'à la petite ville dans laquelle vivaient la plupart des habitants de la région, et il avait fini par revenir vers la seule chose qu'il connaissait.

La patinoire.

Il observa le match suivant à côté de l'entraîneur sans prononcer un seul mot. Cette fois, Erikson était en défense. Ses patins mordirent la glace au moment où elle rattrapa le joueur qui avait le palet et où elle le dépassa. Faisant rapidement volte-face, elle se retrouva face à lui, patinant à reculons, puis elle vola le palet et le joueur trébucha, ses patins l'entraînant dans les balustrades. Elle fit voler le palet d'un côté à l'autre, et il traversa le plus grand cinq trous qu'il ait vu dans toute sa carrière en tant que gardien.

L'entraîneur jeta son porte-bloc sur le banc. « Oh, allez, Watson ! Tu ne peux pas laisser une ouverture comme ça, surtout avec elle. Tu veux aller en ligue amateur ou pas ? »

Erikson dérapa sur la glace et aida le gardien à se relever. « Laisse-le respirer, Gus. Je l'ai eu par surprise. »

« Tu l'as eu pendant qu'il dormait sur ses patins. » Il marchait de long en large en faisant courir ses doigts dans ses cheveux clairsemés. « D'accord, ça suffit. À la douche. »

« Vous les laissez s'en tirer facilement », murmura Ben. « Mon ancien entraîneur nous aurait fait patiner des sprints après l'entraînement. »

« Ouais, mais mes garçons viennent juste d'affronter

Erikson, alors ils ont été assez punis comme ça. »

Ben regarda la jeune femme plaisanter avec les garçons et leur donner des paroles d'encouragement pendant qu'ils patinaient vers le banc. Mais lorsque son regard se dirigea vers lui, son sourire s'évanouit et ses yeux bleus devinrent glacés.

Son cœur se mit à marteler à cause de la tension palpable dans l'air. Il rassembla ses esprits, essayant de se rappeler d'où il la connaissait, mais cela se solda par un échec. La frustration lui noua le ventre. Les médecins l'avaient averti que toutes les commotions qu'il avait subies au fil des ans pouvaient affecter sa mémoire, et il en avait la preuve en cet instant.

Elle fit demi-tour. « Gus, je vais vérifier que la porte de derrière est fermé. »

Elle patina jusqu'à l'autre côté de la patinoire comme si elle poursuivait un palet imprenable.

Gus regarda de nouveau Ben en plissant les yeux. « Vous vous connaissez tous les deux ? »

« Peut-être. »

« Peut-être ? »

« J'ai l'impression de la connaître, mais vous savez comment peut être l'esprit des joueurs de hockey. » Ben tapota son crâne et hocha la tête vers l'endroit où Erikson était partie. « Elle est douée. »

« Sans rire. » Gus souleva un seau rempli de palets en poussant un grognement. « Si c'était un garçon, elle jouerait dans la NHL en ce moment. »

« La prochaine Sid Crosby[6] ? »

« Ah ! Plus comme la prochaine Gordie Howe[7], avec les coups de poing en plus. Cette fille a son caractère, et si j'étais

---

[6] Sidney Crosby : joueur canadien de la NHL occupant le poste de centre, médaillé olympique à Vancouver et à Sotchii

[7] Gordie Howe : joueur de hockey canadien considéré un des plus grands de tous les temps et détenteur de plusieurs records

vous je garderais mes distances avec elle. Ce n'est pas quelqu'un avec qui vous avez envie de danser. »

« Qu'est-ce qui vous fait penser que j'aurais des problèmes ? »

« J'ai vu la manière dont elle vous a regardé. » Gus quitta la glace avec le seau et se dirigea vers la Zamboni. « Je la connais depuis qu'elle est haute comme ça, et j'ai vu toutes les merdes qu'elle a traversées. Si vous êtes là pour lui faire des problèmes, alors elle n'est pas la seule dont vous devez vous inquiéter. On fait attention aux nôtres. »

Ben s'arrêta avant la glace, regardant cette dernière comme si elle était un ancien ennemi juré. Il n'allait pas suivre Gus. « Je ne suis pas ici pour ça. J'arrive à peine à me rappeler si je l'ai déjà rencontrée avant. »

« Eh bien, c'est sûr que vous vous posez beaucoup de questions. » Gus posa le seau derrière le mur en poussant un autre grognement, puis il monta sur la Zamboni. « Qu'est-ce que vous faites ici d'ailleurs ? »

Ben soupira et fixa son reflet dans la glace, se reconnaissant à peine. « Je n'en suis pas très sûr. »

« Ouais, eh bien vous devez partir maintenant. Je dois faire quelques tours avec ça avant de fermer, et je ne veux pas à m'inquiéter en pensant que vous passez la nuit ici. »

« Pas de souci. Juste une question - vous savez où je peux la trouver ? »

« Vous n'en avez pas la moindre idée, pas vrai ? » La Zamboni gronda en démarrant et Gus la conduisit sur la glace. « Si vous cherchez les problèmes, alors vous la trouverez dans le centre-ville, au Sin Bin[8]. Pensez juste à porter une coupe avant de la recruter. »

« Je le ferai, et merci. » Ben fit demi-tour et monta les marches une par une, penché sur sa canne. Il ne trouverait pas la paix avant de découvrir comme il la connaissait.

---

[8] Sin Bin : nom du bar en référence au banc des pénalités

Prochain arrêt : le Sin Bin.

****

Hailey agrippa le volant et prit une profonde inspiration, mais cela ne calma pas ses nerfs ébranlés comme cela le faisait d'habitude.

Qui aurait pu penser que se retrouver en face de Ben Kelly neuf ans après l'aurait affectée à ce point-là ? Pire, elle ne savait absolument pas pourquoi il était là. Ce n'était pas comme s'il avait voulu avoir quoi que ce soit à voir avec elle au moment où elle avait vraiment eu besoin de lui. Et maintenant qu'elle reprenait enfin sa vie en main, il se montrait dans sa petite ville.

« Il fait sûrement du relationnel avec la station de ski », grommela-t-elle avant de démarrer sa jeep Cherokee déglinguée. Après tout, c'était l'endroit où les célébrités comme lui passaient du temps, pas ici, dans la vraie ville. « Ça ne m'étonnerait pas qu'il ait un petit harem de *punk bunies* qui pansent ses blessures pendant sa convalescence. »

Elle avait vu la collision qui l'avait privé du reste de la saison. La majorité du Canada l'avait vue puisque le match était diffusé au niveau national. L'homme fort de l'équipe adverse avait foncé sur lui, prenant ses patins avec sa crosse, et il avait fait tomber Ben sur la glace. Malgré leur passé, elle avait retenu son souffle au moment où il était étendu sur la patinoire, immobile, sa jambe pliée dans un angle écœurant. Une fois qu'il avait eu repris connaissance, il avait quitté la glace sur ses patins avec de l'aide, mais c'était terminé pour lui.

Le lendemain matin, les bulletins d'informations faisaient la liste de toutes les blessures qu'il avait subies. Commotion. LCA et LLI déchirés. Ensuite les paris avaient commencé sur le fait de savoir si le gardien titulaire des Whales de Vancouver reviendrait ou non dans l'équipe la saison prochaine, et encore.

Avec un peu de chance, Gus lui avait fait un discours qui

lui avait fait prendre ses jambes à son cou, et ce serait la fin de l'histoire. La saison de ski était presque terminée, et les étés à Cascade étaient généralement calmes sans les arrivées en masse d'étrangers. Il partirait probablement d'ici une semaine ou deux, et ce serait la dernière fois qu'elle le verrait.

Cependant des fourmillements au plus profond d'elle lui rappelèrent qu'elle avait envie de le revoir, ne serait-ce que pour lui dire sa manière de penser après tous les problèmes qu'elle avait dû surmonter à cause de lui.

Ne le laisse pas te distraire de ton objectif. Souviens-toi de la promesse que tu as faite à Zach.

Elle se gara dans le parking du bar de son père et elle prit une autre inspiration purifiante en respirant par le nez. Cette fois, ce fut efficace. Toute sa colère, sa haine et sa frustration s'envolèrent avec l'air qui sortit de ses poumons. Elle avait perdu trop de temps et elle avait versé trop de larmes à cause de Ben Kelly, et ce n'était pas le moment de perdre sa concentration.

Le Sin Bin des Erikson se dressait au cœur de la ville, dans la rue principale. Doté d'une demi-douzaine d'écrans plasma retransmettant les derniers matchs, il s'agissait du bar préféré de la population locale. Les matchs décisifs de la Coupe Stanley battaient leur plein, donc l'endroit devait être bondé. Les Whales jouaient aussi, ce qui voulait dire que la foule serait encore plus à fond dans le match. Et si les Whales gagnaient, alors ses pourboires augmenteraient.

Elle entra par la cuisine et elle prit un tablier sous le bar. « Salut p'pa, prêt pour ce soir ? »

« J'ai pris sept caisses de Labatt. » Son père se pencha et déposa un baiser sur sa joue. Elle était bâtie comme lui, grande et mince, avec les mêmes yeux bleus azur et les mêmes cheveux blonds. « C'était comment l'entraînement aujourd'hui ? »

En dehors du fait que l'homme qui a refusé de reconnaître mon existence il y a deux ans a pointé le bout de son nez ?

« Je les ai un peu malmenés », dit-elle après une courte pause. Inutile de lui parler de Ben. Son père aurait probablement relevé ses manches et l'aurait démoli s'il l'avait su.

« À quel point ? »

« Six à zéro. »

« Ça c'est ma fille. Continue de jouer comme ça et les équipes canadiennes vont être obligées de te proposer une place. »

« D'abord, je dois les convaincre de me laisser passer une épreuve de sélection. » À vingt-sept ans, elle était un peu plus âgée que le joueur moyen, mais elle avait encore une forme fantastique et elle pouvait surpasser tous ceux qu'elle connaissait. « Gus a oublié sa caméra aujourd'hui, mais il enregistrera la prochaine mêlée. »

« Et n'oublie pas non plus le match de la ligue lundi. » Il lui ébouriffa les cheveux, en en libérant quelques-uns de sa queue de cheval, avant de traverser le bar pour aller voir un client.

« Hailey chérie », appela sa belle-mère, Cindy, depuis la cuisine avec sa voix traînante du Texas, « ça te dérangerait de prendre la commande de boisson de l'homme à la table douze. J'essaye de m'en sortir avec la commande de la quatorze. »

Un regard rapide dans la cuisine révéla que la femme menue était concentrée à essayer de faire tenir en équilibre quatre assiettes d'ailes de poulet et de chips de pelures de pommes de terre. « Je peux t'aider avec ça ? »

« Non, je gère. Lance juste la douze et je passerai dans quelques minutes pour voir s'il veut quelque chose à manger. »

Le Sin Bin était vraiment une entreprise familiale. Son père l'avait ouvert peu de temps après la naissance de son frère aîné, et toute la famille mettait la main à la pâte pour le faire tourner. Son frère avait déménagé dix ans plus tôt pour travailler à Toronto, mais ce fut précisément à ce moment-là que Cindy était apparue en ville pour prendre sa place. Les soirs où l'endroit était rempli comme ce soir-là, ils étaient tous là. Son père restait derrière le bar, tandis que Cindy et elle se partageaient les tables.

La douze était un petit box situé dans un coin, généralement occupé par quelqu'un qui n'était pas intéressé par le match car cette table offrait la plus mauvaise vue sur les télévisions. Un homme seul y était assis, tournant le dos au reste du bar et penché sur son iPad. Il était grand, bien bâti, ses cheveux courts étaient noirs, et il portait un pull fin qui moulait ses larges épaules. Définitivement pas une personne du coin.

Elle s'approcha de la table, puis elle sortit son stylo et son carnet de la poche de son tablier. « Est-ce que je peux vous proposer quelque chose à boire pour commencer ? »

Il leva les yeux et le cœur de la jeune se mit à battre à tout rompre lorsqu'elle vit ses yeux d'un bleu ardoise.

Ben Kelly.

Elle sentit sa gorge se serrer, ce qui était une petite bénédiction. Ce fut la seule chose qui l'empêcha de le traiter de tous les noms.

Il tenait à la main le présentoir. « Vous servez vraiment de la Labatt pour un huard[9] ? »

Elle déglutit, déplaçant la boule de colère de sa gorge vers son ventre où elle se mit à brûler encore plus fort que les ailerons de poulet extra-épicés de Cindy. Ils pouvaient tous les deux jouer à ce jeu nonchalant de *je ne sais absolument qui tu es*. « Oui, mais seulement quand il y a un match des Whales. »

Des acclamations s'élevèrent de l'autre côté du bar lorsque la télévision montra l'équipe en train d'entrer sur la

---

[9] Huard : autre terme désignant le dollar canadien

glace.

« On dirait que le match est sur le point de commencer », dit le jeune homme.

Elle serra son stylo dans sa main jusqu'à ce qu'il commence à se plier en deux. « Alors, vous en voulez une ou pas. »

Il posa la carte sans jamais quitter la jeune femme des yeux. « Bien sûr, pourquoi pas ? »

« Bien. Cindy viendra dans quelques minutes prendre le reste de votre commande. » Elle glissa son carnet et son stylo dans son tablier et elle tourna les talons. Il avait du culot de se montrer dans cet endroit, mais elle ne lui donnerait pas la satisfaction de lui montrer à quel point elle l'avait dans la peau.

Elle sortit une bouteille du frigo, puis elle la décapsula avant de la poser sur le bar. « C'est la commande de la douze. »

« Tu ne vas pas la lui apporter ? », demanda son père.

« Non. » Pour elle, il pouvait aller rôtir en enfer.

CHAPITRE TROIS

Ben observa la jolie serveuse blonde partir en trombe vers le bar, la position de ses épaules correspondant au regard glacial qu'elle lui avait lancé quand il l'avait regardée. Étrange, il pensait que les Canadiens étaient censés être polis et chaleureux. Ce n'était pas le cas de la jeune femme, même s'il ne comprenait pas pourquoi. Mais il n'y avait erreur possible — elle était aussi pétulante que sur la patinoire.

Il se pencha sur son iPad et il recommença à chercher dans toutes ses photos sur le cloud en espérant en trouver une d'elle et réunir les pièces manquantes de sa mémoire. Le plus simple serait de lui demander s'ils s'étaient déjà vus avant, mais étant donné le comportement que la jeune femme avait arboré jusqu'ici, il doutait que les choses se passent bien. Il valait mieux qu'il fasse le rapprochement avant de faire amende honorable pour ce qu'il avait pu faire qui méritait un tel traitement.

« Voilà mon beau », dit une petite femme aux cheveux roux en posant une bouteille glacée de Labatt sur la table. « Vous voulez quelque chose pour aller avec ça ? »

Dans une aussi petite ville, elle se démarquait vraiment avec sa voix traînante plus douce que du miel. Il fit un large sourire. « Vous ne semblez pas être du coin. »

« Bon Dieu non, à la base je viens de Dallas, mais ça fait dix ans que je vis ici. »

Il prit une gorgée de bière et il examina la femme. Des

petites rides apparaissaient autour de ses yeux et de sa bouche quand elle souriait. Elle était plus âgée que l'autre fille, mais son visage restait séduisant, mais avec des cheveux de cette couleur, il était difficile de deviner son âge.

« À quel point vous connaissez la fille qui a pris la commande pour ma boisson ? »

« Plutôt bien puisque c'est ma belle-fille. Qu'est-ce que Hailey a fait ? »

Il se figea, la bouteille au bord des lèvres. *Hailey. Pourquoi cela lui semblait familier ?* Mais une fois de plus, sa mémoire contenait plus de trous qu'il ne pouvait en remplir. « Elle a juste agi comme si elle ne voulait pas de moi ici. »

« Désolée pour ça. Laissez-lui un peu de temps. Ici les gens du coin sont un peu froids au début, mais ils deviennent vite plus chaleureux. » Elle tourna la tête vers l'autre côté de la salle où Hailey était en train de rire avec une table remplie de clients. « Alors, revenons à nous, vous voulez manger quelque chose ? »

Il examina le menu d'une seule page. « Un burger, ça me semble bien. »

« Ça arrive tout de suite. Au fait, je m'appelle Cindy. Si vous avez besoin de quelque chose, il vous suffit de crier. »

Comme pour prouver ce qu'elle venait de dire, la table d'à côté cria son nom. Elle leur lança en sourire en retournant vers la cuisine. « J'arrive dans une seconde, mon chou. »

Ben se pencha en arrière dans le box et gratta sa barbe de trois jours. Peut-être qu'il avait mal interprété le comportement de la jeune femme. Peut-être que sa réaction était plus quelque chose du genre *eux contre nous*. Cela n'expliquait toujours pas les questions lancinantes qui occupaient son esprit.

Ni la vague d'attirance qui le submergeait. Si elle lui avait montré le moindre signe de chaleur, il aurait été à moitié dur et il aurait espéré la ramener chez lui. Même quand elle lui

23

avait lancé son regard furieux, il avait voulu la toucher, appuyer son corps contre le sien, embrasser sa fossette et la faire gémir de plaisir.

Je dois être désespéré si elle m'excite à ce point-là. Mais pourtant, il ne pouvait pas nier la réaction physique qu'elle avait déclenchée chez lui lorsqu'il l'avait vue sans son équipement.

Il retourna à ses photos, ignorant les cris et les applaudissements autour de lui tandis que les autres clients du bar regardaient son ancienne équipe en train de jouer. Il ne voulait pas que quelque chose lui rappelle qu'il aurait été le gardien de but ce soir-là s'il n'avait pas été mis sur la touche par un coup bas sur le sentier de la guerre. Il était davantage résolu à résoudre le mystère de la première personne jouant au hockey qui avait capturé son attention depuis la collision.

Cindy arriva avec son dîner et elle posa sans un mot une nouvelle bouteille sur la table lorsque la première fut vide. Les cris dans le bar lui indiquèrent que les Whales étaient en train de perdre, et à la fin du match il partagea leur frustration, mais pas tout à fait pour les mêmes raisons. Il continua à chercher dans ses photos, mais il n'en trouva pas une seule de la jeune femme.

« Vous en voulez une autre avant que l'offre se termine, mon chou ? », demanda Cindy avant que la dernière seconde ne passe sur l'horloge.

Il jeta un œil de l'autre côté du bar, là où Hailey était en train de servir une autre tournée à une table pour que les clients de cette dernière puissent faire passer leur chagrin suite à la défaite des Whales. Peut-être que s'il restait suffisamment longtemps il pourrait obtenir plus d'informations auprès de sa belle-mère. « Ouais, je vais en prendre une autre. »

Quand Cindy apporta la bouteille, il mit son plan à exécution. « Je l'ai vue jouer plus tôt dans la soirée. »

Cindy écarquilla les yeux, puis elle se glissa dans le box. « Est-ce que vous êtes un dénicheur de talents de l'équipe nationale canadienne ? »

Il eut un petit rire. « Non, pas du tout, mais je sais reconnaître un bon joueur quand j'en vois un. »

« Est-ce que vous pourriez s'il vous plaît le faire savoir à l'entraîneur de hockey de l'équipe féminine ? » Cindy prit son assiette et nettoya la table. « La pauvre Hailey s'est entraînée comme une folle l'année dernière pour avoir une chance d'aller à Sotchi, et on la soutient tous. »

« Des aspirations olympiques ? »

« C'est peu dire. Cette vit, respire et dort hockey. Et on pense tous que c'est sa dernière chance d'avoir une médaille. »

« Elle n'a pas essayé les Jeux de Vancouver ? »

Le visage de Cindy se voila, et Ben eut l'impression qu'une porte venait de se claquer devant lui. « Non, elle avait d'autres choses à gérer à ce moment-là. »

Une fois encore il se heurtait à la population locale qui protégeait les siens. Quoi qu'il se soit passé, ils voulaient tous la protéger en l'empêchant de le découvrir.

Elle se leva, l'assiette encore dans la main, et elle demanda : « Est-ce que je vous sers autre chose ? »

« Non, ça sera tout pour ce soir. » Il était bloqué jusque-là, mais peut-être qu'il trouverait une réponse après une bonne nuit de sommeil.

« Je reviens avec l'addition. »

Cindy retourna dans la cuisine, le laissant seul pour observer Hailey. C'était son sourire qui le fascinait. Lorsqu'elle en faisait un grand, une fossette se creusait dans sa joue gauche, tandis que quand elle souriait à plein dents, deux fossettes identiques apparaissaient sur chacune de ses joues. Elle semblait connaître tout le monde, faisant un signe pour dire au revoir à chaque client qui sortait en faisant son sourire charmant.

Il avait envie qu'elle se retourne pour lui offrir ce même sourire, mais lorsqu'elle regarda dans son direction, ce dernier se transforma en un air renfrogné.

« Voilà, mon chou. » Cindy posa l'addition et retourna vers le bar, plantant un baiser sur la joue du barman avant de disparaître dans la cuisine.

Ben prit la note et rit en silence. Au moins il y a avait un point positif dans cette soirée. C'était le repas le moins cher qu'il avait pris depuis des années. Il sortit un billet de cent dollars qu'il laissa sur la table avant de se glisser hors du box.

Contrairement aux autres clients, son départ ne fut pas salué par un *au revoir* de la part des propriétaires. Juste un autre indice pour lui montrer qu'il était un étranger dans cette petite ville.

Il s'assit dans sa Land Rover et il attendit que la voiture chauffe avant de prendre le chemin du retour, les doutes continuant de se faire encore plus présents dans son esprit. Il ferma les yeux et il pencha la tête en arrière contre le siège. Il doutait de pouvoir réussir à dormir avant d'avoir découvert comment il connaissait Hailey.

Il était temps d'appeler des renforts.

Il composa le numéro de son frère aîné, Adam. « Tu as une minute ? »

« Bien sûr », répondit Adam, même si sa voix semblait un peu plus aigüe que d'habitude.

« Je tombe au mauvais moment ? » Il passa le téléphone en mode Bluetooth pour pouvoir commencer à conduire sur la route sinueuse et venteuse qui menait à son chalet.

« Non. Lia et moi on parlait juste de notre journée. »

Il ricana. Il avait des sérieux doutes sur le fait que des mots avaient été échangés entre son frère et sa petite amie. N'importe quel autre jour, il aurait taquiné son frère, mais il avait trop de questions à propos d'une certaine joueuse de hockey pour prendre plaisir à le faire. « Tu te souviens d'une histoire entre moi et une blonde avec des fossettes ? »

« En général, tu n'aimes pas les blondes - elles sont plus du goût de Caleb. »

« Exactement, mais j'ai vu cette femme, ici, en ville, et je jure devant Dieu que je la connais, mais je n'arrive pas à me rappeler d'où. » Il fit courir ses doigts dans ses cheveux. « C'est pour ça que je te pose la question. »

« Est-ce que ça a l'air d'être une de tes ex ? »

« C'est une joueuse de hockey. Je pensais à fouiller dans mes anciens albums de promo, mais je ne pense pas qu'elle soit allée à Shattuck-St. Mary. »

« Est-ce qu'elle t'a montré un signe indiquant qu'elle te connaît ? »

« Adam, je suis un des jours les plus faciles à reconnaître chez les Whales. Ou du moins je l'étais avant de me couper les cheveux. » Il passa ses doigts dans ses cheveux courts, se demandant pendant combien de temps il pourrait passer incognito une fois qu'ils repousseraient.

« Oui ou non ? »

« Oui, et elle m'a lancé le même genre de regard que ce joueur qui m'a mis sur la touche il y a six semaines. »

« Une fan des Bruin ? »

Il rit. « Non. »

« Alors peut-être qu'elle était énervée parce que tu as quitté l'équipe et que maintenant ils sont sur le point d'être éliminés dès les éliminatoires. »

Ben tapota sur le volant. Ce serait bien trop simple de rejeter cette idée parce qu'elle était facile, mais cela ne fit pas disparaître les nœuds qu'il avait dans la gorge. « Non, c'est pas ça, et je n'ai aucune idée de ce que j'ai fait pour la mettre en rogne. »

« Je botte en touche moi aussi. Peut-être que tu pourrais prendre une photo d'elle et me l'envoyer ? Si je voyais son visage, peut-être que je pourrais t'aider. »

« Bonne idée. Je le ferai demain. » Il était presque rentré et il ne voulait pas faire une autre descente dans le noir après

27

trois bières. « En attendant, je vais continuer à chercher. »

« Désolé de ne pas avoir pu t'aider. »

« Pas de souci. » Il se trémoussa dans son siège, se demandait s'il oserait poser une autre question. « Maman m'a dit que tu avais demandé l'alliance de mamie. »

Le son étouffé d'une porte se fermant remplit l'air, suivi par une pause. « Oui, c'est vrai. »

« C'est déjà sérieux à ce point-là ? »

« Ouais », dit Adam doucement. « Je sais que ça a l'air dingue, surtout que Lia et moi on ne se connaît que depuis quelques mois, mais est-ce que tu as déjà rencontré quelqu'un et que tout semblait parfait ? »

L'image d'une fille avec des cheveux bleu vif apparut dans son esprit. Aucune femme n'avait ne serait-ce fait que se rapprocher d'elle. Une vague de souvenirs le submergea. La douceur de sa peau. Le goût de ses tétons roses. L'odeur de la glace qui s'était accrochée sur elle. Les fossettes qui creusaient ses joues quand elle lui souriait.

Merde !

La Range Rover fit une embardée sur la route centrale alors que tout lui revenait d'un seul coup. Ben tira d'un coup sec sur le volant, remettant le 4x4 sur la route. Son cœur battait à tout rompre, mais cela n'avait rien à voir avec le fait qu'il avait failli quitter la route.

« Ben, tout va bien ? »

« Oui, oui », répondit-il, même si sa respiration s'était accélérée. « Je viens juste de me souvenir d'où je la connais. »

« Oh ? »

Ses joues devinrent chaudes et il réfléchit pour savoir s'il devait développer. Seul un de ses six frères savait ce qui s'était passé cette nuit-là à Vancouver. « Est-ce que Caleb t'a déjà parlé de cette fille que j'avais rencontrée quand on était allé à un match des éliminatoires il y a neuf ans ? »

« Celle avec les cheveux bleus ? »

Il retint un grognement et il enroula ses mains sur le

volant. « Ouais, celle-là. »

« C'est elle ? »

« Sûr à quatre-vingt-dix-neuf pour cent. » Elle avait la même carrure, les mêmes yeux, les mêmes fossettes. La seule chose qui était différente, c'était la couleur de ses cheveux.

Oh, et aussi le fait qu'il paraissait évident qu'elle le détestait à présent.

« Qu'est-ce que tu vas faire alors ? », demanda Adam.

« Découvrir ce qui s'est passé ces neufs dernières années » *Et peut-être voir si la chimie est encore là.*

« Bonne chance. » Adam semblait être sur le point de mettre fin à la conversation, mais une seconde plus tard il ajouta : « Au fait, tu as été sur la glace ? »

« Non. » Ce n'était pas un sujet qu'il avait envie d'aborder.

« Tu vas devoir faire face à tes peurs un de ces jours. Tu adores trop ce sport pour lui tourner le dos. »

Ben inspira à travers ses dents serrés. Adam avait raison, mais il refusait de l'admettre. « J'attends encore que mon genou soit à cent pour cent », mentit-il.

« Ça fait trois mois. »

« Ouais, et une blessure comme la mienne peut mettre un terme à une carrière. »

Un soupir de défaite se fit entendre à travers les haut-parleurs. « Bien, fais ce que tu veux, mais je sais que tu ne pourras pas rester longtemps loin de la glace. Tu finiras par ressentir le besoin de renfiler tes patins. »

C'était effrayant de voir à quel point son frère aîné le connaissait. La glace l'avait appelé ce jour-là, et il avait senti que cela le démangeait. Mais cela n'avait pas été suffisamment fort pour qu'il ait envie de s'aventurer de nouveau sur elle. « Peut-être. En même temps, j'ai d'autres choses en tête. »

« Tiens-moi au courant. »

« Pareil pour toi. J'espère que la prochaine fois que je te parlerai tu seras fiancé. »

Adam eut un petit rire. « Je croise les doigts. Il faut juste que je trouve le courage de lui faire ma demande. »

Une pointe d'envie transperça Ben. Son frère avait tout. Un emploi stable consistant à gérer les biens immobiliers de la famille. Une propriété avec vue sur le lac. Une femme merveilleuse qu'il était sur le point d'épouser. Il semblait vraiment heureux.

La pointe s'intensifia pour devenir une douleur due au regret. S'il avait pris la peine de demander son numéro de téléphone à Hailey avant de s'endormir cette nuit-là, est-ce que ce serait lui qui mènerait une vie de rêve ?

« À plus tard », dit-il et il raccrocha.

Pendant le reste du trajet, il resta concentré sur Hailey et sur la raison pour laquelle elle avait agi comme elle l'avait fait neuf ans plus tôt. À chaque fois qu'il essayait de penser à quelque chose qu'il pouvait avoir fait, il faisait chou blanc. Après tout, c'était elle qui l'avait quitté sans un mot. Même pas un numéro de téléphone. Juste une note rapide pour le remercier et lui dire qu'elle n'oublierait jamais cette nuit-là.

Il gara la voiture dans le garage et il sortit la note. Neuf années à l'arrière de son portefeuille avaient eu raison des mots sur le morceau de papier fragile, mais l'encre était encore visible. Il fit courir son doigt sur le petit cœur qu'elle avait dessiné.

Parfois la vie offrait des secondes chances, et maintenant qu'on lui en donnait une avec Hailey, il n'avait pas l'intention de la laisser lui glisser entre les doigts cette fois-ci.

CHAPITRE QUATRE

Hailey entra par la porte de devant du Sin Bin et s'arrêta près du bar.

Deux yeux d'un bleu ardoise lui rendirent son regard sur une photo située près de la caisse, et une vague de rancœur prit naissance dans sa poitrine et menaça de se déverser par ses yeux. Elle arracha la photo du bocal et elle la posa violemment sur le bar, la partie recto vers le bas, avant que ses larmes ne coulent. Elle n'avait pas pleuré depuis le jour où elle avait appris le diagnostic de Zach, et quelle que soit leur quantité, les larmes ne pourraient pas le ramener maintenant.

Son père leva les yeux du journal. « Pourquoi tu as fait ça ? »

« Papa, je pensais qu'on avait parlé de tout ça. »

« Et j'ai été très clair sur le fait que ce n'est pas juste parce que Zach est parti que ça veut dire qu'on doit laisser tomber d'autres gamins comme lui. »

Elle fixa le dos de la photo posée sur le bar. Une partie d'elle voulait la déchirer en mille morceaux juste pour qu'elle n'ait plus à continuer à revivre la douleur qui était encore vive, même après un an. Mais l'autre partie ne la laisserait pas faire. Les photos étaient tout ce qui lui restait de son fils.

Elle la poussa sous le bocal. « D'accord, mais s'il te plaît, est-ce qu'on pourrait collecter de l'argent pour l'hôpital pour enfants sans utiliser sa photo ? »

Elle alla dans la cuisine pour déposer son sac à main dans l'arrière-salle. L'odeur des piments forts lui brûla le nez lorsqu'elle passa devant le four. Cela voulait dire une chose - le pain de viande de Cindy était le plat du jour ce soir-là. Peut-être qu'elle pourrait dire que c'était cela qui la faisait pleurer.

Son père la suivit dans le bureau. « Quelque chose ne va pas, Hailey ? »

« Non. » Elle essuya son visage avec le dos de sa main. « C'est juste que c'est encore dur pour moi, tu vois ? »

Et le fait que le père de Zach apparaisse mystérieusement en ville un an trop tard n'aidait pas.

Son père la prit dans ses bras. « Je sais, ma chérie. »

« Je continue d'espérer que si je tiens la promesse que je lui ai faite les choses seront plus faciles. »

« Ça le sera. » Il savait de quoi il parlait. Il avait fait face à la perte d'un enfant, un frère aîné qu'elle avait à peine connu. C'était le décès de ce dernier qui avait amené ses parents à se séparer. « Continue juste de te concentrer sur le positif. »

« Je vais essayer. » Elle appuya ses paumes contre ses joues et elle essuya toutes les traces humides qui subsistaient. « Alors, c'est pâté de viande ce soir, hein ? »

Son père grimaça avant de hocher la tête. « Ouais, Cindy se demandait pourquoi on ne l'avait pas proposé depuis quelques temps. »

« Peut-être que tu devais essayer d'être honnête avec elle. »

« Je le sais mieux que quiconque. » Il la taquina d'une chiquenaude sur le nez. « Tu penses qu'on va en vendre ce soir ? »

Elle rit, se débarrassant de la dernière once de son lourd chagrin. « Je pense que toute la ville connaît le pâté de viande de Cindy. Il devrait être servi avec une de ces pancartes 'Danger biologique' »

À présent c'était au tour de son père de rire. « Je pense que Dozer va s'en mettre plein la panse ce soir. »

« S'il a le courage de s'en approcher. Tu sais que quelque chose n'est pas bon quand un chien refuse de manger les restes. »

Ils rirent de nouveau, ensemble cette fois, puis ils retournèrent dans le bar. C'était la fin de l'après-midi, mais les habitués commençaient à entrer les uns après les autres. Les Whales ne jouaient pas ce soir-là, donc Cindy était de repos. Cela voulait dire que Hailey devait s'occuper de toutes les tables, ce qui ne posa aucun souci jusqu'à une heure avant la fermeture, au moment où *il* entra.

Ben se tenait dans l'embrasure de la porte, la regardant droit dans les yeux. Aucun d'eux ne fit un mouvement. La scène ressemblait à une confrontation entre deux hommes armés dans un vieux western. Il finit par détourner le regard et par aller vers la même table qu'il avait occupé la veille, s'appuyant à peine sur la canne qui se trouvait dans sa main.

Son père vint à côté d'elle tout en essuyant un verre. « Est-ce que c'est le même mec qui a laissé un pourboire exorbitant à Cindy hier soir ? »

« Ouaip. »

« Est-ce que tu pourrais avoir la gentillesse de faire allusion au fait qu'elle est mariée avec moi et qu'on est heureux en ménage ? »

« Je le ferai. » *En lui faisant aussi comprendre qu'il n'est pas le bienvenu ici.*

Elle prit son temps pour traverser la salle, allant du bar au centre de la pièce, puis jusqu'à son petit box d'angle. « De retour ? »

« Je n'ai pas pu résister », dit Ben avec un grand sourire.

Neuf ans plus tôt, ce même sourire l'avait conquise et lui avait fait accepter de le suivre jusqu'à sa chambre d'hôtel pour le meilleur orgasme de sa vie. Mais maintenant elle savait vraiment qui il était.

Pourtant, cela ne soulagea pas l'élancement qu'elle ressentit entre ses jambes lorsqu'elle se rappela à quel point c'était merveilleux de le sentir en elle.

« Qu'est-ce que vous prendrez ? »

Il jeta un œil au présentoir sur la table. « Pas d'offre du jour ce soir ? »

Ses lèvres tressaillirent au moment où une pensée diabolique naquit dans son esprit. « C'est le pâté de viande de Cindy ce soir. »

« C'est bon ? »

Son sourire s'élargit. Elle avait hâte de voir son visage quand il prendrait la première bouchée. « Elle vient du Texas et elle est arrivée ici avec la plupart des recettes de là-bas. »

« Alors je pense que je vais essayer. »

Pigeon.

Elle fit mine de le noter sur son carnet. « Quelque chose à boire ? » Parce qu'il ne faisait aucun doute qu'il aurait besoin de boire quelque chose après le plat du jour.

« Qu'est-ce que vous avez en pression ? »

Elle serra les dents. Cette conversation n'en finissait pas. « De quoi vous avez envie ? »

« De quelque chose de local. »

Elle leva les yeux en l'air et elle énuméra les bières de micro-brasseries qu'ils avaient à la pression. Avec la chance qu'elle avait, il allait probablement choisir quelque chose de commun comme une Labatt ou une Bud Light.

Mais lorsqu'elle eut terminé, il dit : « Je vais prendre une Old Yale ambrée. »

Hailey le nota et retourna vers le bar afin de servir son verre. Sa revanche sur Ben Kelly commençait ce soir-là, et avec de la chance, une fois que la soirée serait terminée elle n'aurait plus jamais à le revoir. Elle posa la bière sur sa table sans dire un mot, puis il retourna dans la cuisine pour réchauffer une part du pâté de viande de Cindy.

Au premier regard, le bloc de viande paraissait plutôt

bon - épais, juteux, doré à la perfection, blotti contre un monticule de purée légère et de haricots verts à la vapeur. Mais c'était les épices de Cindy qui transformaient le bœuf haché parfait en un brasier infernal dès qu'on le posait sur la langue. Des bûcherons avaient pleuré après l'avoir goûté. Cela ne devrait pas être différent avec Ben.

Son père écarquilla les yeux en la voyant sortir de la cuisine en portant l'assiette. Quelques habitants du coin se donnèrent des coups de coude et se mirent à ricaner. Ils savaient tous ce qui était sur le point de se passer.

« Voilà. » Elle posa l'assiette devant lui en essayant de garder un visage impassible. « Appelez-moi si vous avez besoin d'autre chose. »

Elle retourna précipitamment vers le bar et elle se plaça à côté de son père. Toutes les personnes présentes fixaient le box de Ben, attendant le moment où il prendrait la fameuse première bouchée.

Conscient d'être en train de devenir l'attraction principale, Ben découpa un morceau du pâté de viande dans lequel il planta sa fourchette, puis il amena cette dernière à sa bouche. Cinq secondes plus tard, une toux rauque remplit la pièce, suivie par des rires bruyants. Une autre personne avait été victime du pâté de viande de Cindy.

Son père s'arrêta de rire suffisamment longtemps pour jeter quelques crackers à Hailey. « Donne-lui en quelques-uns pour soulager sa douleur. »

Elle s'approcha lentement de la table tandis que Ben buvait d'une seule traite la pinte de bière qu'elle lui avait servie plus tôt. « Tenez, essayez ça. »

Il prit les crackers et il déchira le cellophane comme s'il mourait de faim, puis il les mit tous dans sa bouche. Ses joues étaient rouges, et le son de ses reniflements incessants interrompait les bruits de mastication. Après qu'il eut mangé le dernier cracker, il prit une profonde inspiration. « Est-ce qu'il y a une raison qui explique pourquoi tu as l'air de ne pas m'aimer ? »

« Plusieurs. »

« Et ça te donne une raison pour me faire une blague de ce genre ? »

Le large sourire de Hailey disparut de son visage. « En ville, tout le monde connaît le pâté de viande de Cindy. Tu as juste été assez naïf pour l'essayer. »

« Alors c'est plus une histoire du genre 'les gens du coin contre les étrangers' ? »

« Non. » Elle se pencha vers la table et parla de manière à ce qu'il soit le seul à pouvoir l'entendre. « Écoute, même si tu essayes de faire profil bas avec ce nouveau look, je sais qui tu es. »

Il leva les yeux et il soutint son regard, refusant de le détourner. « Et ? »

Hailey savait que c'était sa chance de tout lui dire, de l'humilier en public devant tout le bar. Mais quand il couvrit sa main avec la sienne, une tempête d'émotions explosa en elle, et sa langue refusa de lui obéir. Elle n'avait jamais révélé le nom de Zach à personne, pas même à son père. Au début, c'était parce qu'elle ne connaissait pas son prénom. Puis, lorsqu'elle avait fini par se rendre compte que le gardien débutant des Whales de Vancouver était le même homme que celui avec qui elle avait vécu une folle aventure d'un soir, elle avait pensé que personne ne la croirait. Et après avoir reçu la lettre du responsable des relations publiques de l'équipe déclarant que Ben avait nié l'avoir jamais rencontrée, elle avait décidé cela n'en valait pas la peine.

Mais à présent elle le tenait. Il était à sa merci, pourtant elle n'arrivait pas à trouver la force de lui parler de Zach.

Pire encore, elle n'arrivait pas à détacher son regard de lui. Une sensation brûlante parcourut son bras en partant de l'endroit où il tenait sa main, réchauffant son sang et ravivant le même élan de désir que celui qu'elle avait ressenti neuf ans plus tôt. Et plus elle fixait les yeux d'un bleu acier de Ben, plus les souvenirs de cette fameuse nuit s'intensifiaient.

Que Dieu lui vienne en aide, elle était toujours attirée par lui, même après tout ce qu'elle avait dû traverser à cause de lui.

Hailey retira sa main d'un geste brusque, puis elle baissa les yeux. Écoute, ne m'approche pas, reste loin de moi, très loin, compris ? »

Elle n'attendit pas réponse. Au lieu de cela, elle se retrancha derrière le bar pour servir une autre bière ambrée. « Papa, tu peux amener ça à la douze ? J'ai besoin d'une pause. »

Son père lui lança un regard interrogateur, mais il amena le verre à la table de Ben, et il le posa au moment où Hailey traversa la cuisine pour sortir par la porte de derrière. L'air frais du soir apaisa ses nerfs à vif et lui permit de reprendre ses esprits. Elle prit une profonde inspiration et elle enveloppa sa taille de ses bras. Pendant neuf ans, elle avait des centaines de choses qu'elle prévoyait de dire à Ben si elle le rencontrait de nouveau par hasard, et ce soir aucune d'elle n'était sortie. Mais au moins elle avait été très claire sur le fait qu'elle ne voulait pas de lui dans les environs.

Lorsqu'elle revint à l'intérieur, il était en train de se lever de sa table. Une pile de billets était posée sur le bord de cette dernière, le pourboire était sans l'ombre d'un doute inférieur à celui qu'il avait laissé à Cindy. Elle attendit qu'il ait franchi la porte avant d'aller récupérer l'argent.

Un morceau de papier était posé sur ce dernier. Il était usé et jauni, par endroits les pliures tenaient grâce à des morceaux de scotch. L'encre s'était estompée, mais elle reconnut sa propre écriture.

Il s'agissait du mot qu'elle avait laissé dans la chambre d'hôtel de Ben cette nuit-là.

Elle ferma sa main autour du morceau de papier et elle se précipita derrière lui. La plupart des entreprises locales avaient fermé, et les rues étaient presque désertes à cette heure. Les réverbères jetaient des cônes de lumière sur les trottoirs. Elle regarda vers la droite, puis vers la gauche, cherchant l'homme dont elle attendait des réponses.

Quelques battements de cœur plus tard, elle aperçut une silhouette solitaire en train de monter dans une Land Rover. Hailey courut jusqu'à lui, puis elle le saisit par l'épaule, l'obligeant à se retourner. Elle ne se souciait pas du fait qu'il tenait une canne dans sa main et qu'il était probable qu'elle finirait blessée et pleines d'ecchymoses s'il décidait d'utiliser cette dernière. Elle leva le morceau de papier. « Qu'est-ce que ça veut dire ? »

Il examina son visage pendant un instant, comme s'il avait peur d'avoir fait une erreur. Puis il l'attira contre lui et il couvrit sa bouche avec la sienne.

Sur le moment, elle fut trop choquée pour faire le moindre geste. Elle se tenait là, dans ses bras, paralysée alors qu'il l'embrassait. Lorsque ses bras se décidèrent à bouger, ils la trahirent. Au lieu de le repousser, ils s'enroulèrent autour de son cou. Sa bouche s'ouvrit, le laissant rendre son baiser plus profond.

Mon Dieu, il était encore plus doué que dans ses souvenirs. La sensation de chaleur qu'elle avait ressentie plus tôt quand il l'avait touchée n'était qu'une simple bougie comparée au brasier déchaîné qui embrasait désormais tout son corps. Elle pressa son corps contre ses pectoraux musclés, contre ses abdominaux et contre ses épaules. Elle suivit les mouvements de la langue de Ben dans une supplication provocatrice qui lui fit oublier les douleurs des neuf années précédentes. C'était comme si le temps avait fait marche arrière et qu'ils étaient de nouveau dans cet ascenseur afin de se rendre dans la chambre d'hôtel de Ben.

Et si elle devait tout revivre à nouveau, elle n'était pas sûre de dire non.

Il recula, le regard enflammé. « Je me suis dit que c'était

toi. »

Elle recula en titubant, cherchant à reprendre son souffle. Mais qu'est-ce qui venait juste de se passer ?

« À bientôt, Hailey. » Il monta dans son 4x4 et il partit, la laissant abasourdie au milieu de la rue.

Elle n'avait pas la moindre idée du temps qui s'était écoulé, mais lorsqu'elle baissa les yeux, elle tenait encore le morceau de papier dans sa main et elle n'avait pas plus de réponses qu'avant.

« Tout va bien ? », demanda son père lorsqu'elle revint au Sin Bin. « Il ne nous a pas entourloupé sur l'addition, si ? »

Elle secoua la tête. Elle ne savait absolument pas combien il avait laissé, mais a priori la somme était plus que suffisante pour payer le plat du jour et deux bières. « Papa, tu penses que tu as besoin que je t'aide pour la fermeture ce soir ? »

Le visage de son père se durcit. « Il y a quelque chose que tu ne me dis pas, n'est-ce pas ? »

« Peut-être. » Elle plia le morceau de papier en faisant attention aux pliures fragiles, puis elle le glissa dans sa poche. « Je dois juste rentrer à la maison pour vérifier quelque chose. »

Les coins de la bouche de son père se baissèrent, mais il s'approcha de nouveau pour essuyer les verres propres. « Ça ne doit pas devenir une habitude. »

« Ça ne sera pas le cas. » Elle prit ses affaires dans le bureau et elle partit en voiture jusqu'à la petite caravane située à la bordure du terrain de son père dans laquelle elle habitait. Il lui en avait fait cadeau au moment où Zach avait atteint l'âge de pouvoir avoir sa propre chambre. Il n'y avait pas un centimètre de la caravane qui ne lui rappelait pas son fils, et pourtant elle refusait de déménager.

Elle alla directement dans sa chambre et elle sortit une boîte qui se trouvait sous son lit. À l'intérieur, il y avait un album qu'elle avait fait elle-même, retranscrivant tous les évènements de la courte vie de son fils. Elle le sortit sans l'ouvrir, cherchant le paquet regroupant les lettres qu'elle avait reçues de la part des Whales de Vancouver.

Lorsqu'elle avait découvert l'identité de Ben pour la première fois, elle avait essayé de le contacter en disant qu'elle voulait lui parler. Elle n'avait obtenu aucune réponse. Au moment où Zach était tombé malade, elle avait tenté une approche plus désespérée, essayant de l'informer de l'existence de son fils et de ce qui se passait avant qu'il ne soit trop tard. Ce fut à cette période qu'elle avait reçu une lettre de leur responsable RP prétendant que Ben niait jusqu'au fait de l'avoir rencontrée.

Elle déplia le mot que Ben avait laissé sur la table plus tôt dans la soirée, et elle le posa à côté de la lettre qui disait qu'il ne la connaissait pas. Son regard alla de l'un à l'autre tandis qu'elle lisait minutieusement chaque mot.

Si Ben avait dit à son responsable RP qu'il ne la connaissait pas, alors pourquoi avait-il gardé le mot qu'elle lui avait écrit pendant toutes ces années ?

CHAPITRE CINQ

Ben lança son bras sur ses yeux pour se protéger de la lumière du soleil qui inondait la pièce en travers sa fenêtre. C'était le problème avec les étés en Colombie-Britannique - le soleil se levait à des heures indues. En outre, il n'était pas aidé par le fait qu'il rêvait d'une femme avec des fossettes sexy en diable allongée en dessous de lui à chaque fois qu'il fermait les yeux. Parfois ses cheveux étaient bleus et parfois ils étaient blonds. Cela n'avait aucune importance. Tout ce qu'il savait, c'était qu'il était plus excité qu'un adolescent cherchant à perdre sa virginité avant d'avoir son bac.

Neuf années s'étaient écoulées depuis sa première rencontre avec Hailey, et rien n'avait refroidi la chaleur torride entre eux. Le baiser de la nuit précédente le prouvait. Il avait dû faire appel à toute sa maîtrise de lui-même pour ne pas l'inviter à rentrer avec lui dans son chalet et revivre la nuit unique inoubliable qu'ils avaient partagée. Le changement dans le comportement de Hailey avait été la seule chose qui l'avait retenu.

Il était évident qu'elle le détestait, et il ne savait absolument pas pourquoi.

Mais cela ne voulait pas dire qu'il ne pouvait pas le découvrir. Il avait du temps à tuer à Cascade, et on lui offrait une seconde chance avec la seule femme qu'il ne pourrait jamais oublier. Peut-être que s'il était persévérant il pourrait avoir de la chance à plus d'un titre.

Il s'assit sur le bord de son lit et il testa son genou avant de se mettre debout. Le médecin l'avait autorisé à recommencer à patiner, la prudence le retenait encore. C'était totalement psychologique - il l'admettait ouvertement. Même quand il se levait et qu'il plaçait tout son poids sur son genou, il ne ressentait qu'une douleur infime. Mais l'idée de retourner sur la glace - de tomber pour bloquer un palet tout cela pour être encore percuté par un joueur et pour que son genou soit de nouveau déchiré - faisait battre son cœur plus vite que s'il avait fait une série d'exercices de patinage de vitesse.

Il chercha le confort rassurant de sa canne. Tant qu'il l'avait avec lui, personne ne faisait pression sur lui pour qu'il revienne dans l'équipe.

Une heure plus tard, il avait terminé les exercices que son kinésithérapeute lui avait donnés à faire à son retour à Vancouver. Ses muscles fatiguaient toujours rapidement, mais ils devenaient plus forts jour après jour. Et chaque jour, il se rapprochait davantage du fait de prendre une décision qu'il aurait aimé repousser indéfiniment.

Est-ce qu'il retournerait dans l'équipe pour la prochaine saison ?

Il essuya la sueur sur son visage et il réfléchit à cette question, toujours incapable de trouver une réponse. Tout ce qu'il savait, c'était que la glace continuait de l'appeler, que cela lui plaise ou non.

Seulement à présent, il savait que cette dernière serait occupée par une joueuse dont l'amour du hockey surpassait le sien.

Après une douche et un petit-déjeuner, il revint à la patinoire. Il entra par la porte de derrière et il attendit dans la pénombre comme avant. Et tout comme il s'y attendait, Hailey était sur la glace.

Cette fois, elle était seule. Pas de lycéens à battre à plat de couture. Pas de Gus grognon en train de crier à ses garçons de rester au contact avec elle. Juste une ligne de palets le long de la ligne bleue et une silhouette de gardien de but en carton se dressant en face d'elle.

Hailey lança un tir frappé en direction du gardien. Le palet frappa la silhouette au niveau de l'entrejambe, et elle se renversa.

Par réflexe, Ben mit ses mains devant son propre entrejambe en grimaçant. Aucun homme n'aime voir un coup dans les parties, même si c'est sur un objet inanimé.

Il se sentit d'autant moins rassuré lorsqu'il réalisa que la silhouette le représentait. « Tu me détestes vraiment à ce point-là ? », demanda-t-il après qu'elle l'eut remise en place.

Elle fit volte-face sur ses patins, les yeux écarquillés. Un battement de cœur plus tard, son visage se durcit et elle retourna vers la ligne de palets. « La patinoire est fermée, Kelly. »

« La porte de derrière était ouverte. »

« Pas pour toi. » Elle fit claquer sa crosse vers l'arrière et envoya un tir vers la partie supérieure de la cage. Le palet passa en un souffle derrière l'épaule de la silhouette avant d'arriver dans le filet. Le tir suivant glissa à travers le cinq trous, suivi par un tir sous la barre qui rata de peu la tête de la silhouette.

Il émit un faible sifflement tandis qu'elle enchaînait tir sur tir avec une précision meurtrière. « Tu es une super tireuse, même si tu ne joues pas contre un vrai gardien. »

Elle fit un sprint dans sa direction, s'arrêtant juste avant de percuter le mur. « Pourquoi tu ne viendrais pas ici et que tu ne me défierais pas pour de vrai ? »

« Impossible. » Il frappa sa mauvaise jambe avec sa canne.

« N'importe quoi. » Elle s'éloigna du mur en le défiant du regard. « Tu as juste peur de m'affronter. »

Il avait peur, c'était vrai, surtout après avoir vu comment elle avait maltraité son portait.

« Je pensais ce que j'ai dit hier soir. Fiche-moi la paix. »

« Et si je n'en ai pas envie ? » Il exagéra volontairement son boitement en descendant les marches.

« Bon sang, Ben. » Elle lança sa crosse sur la glace et elle retira ses gants comme si elle était prête à le passer à tabac. « Qu'est-ce que tu veux de moi ? »

Il refusa de se laisser entraîner par la colère de la jeune femme. Le fait de grandir avec six frères lui avait appris que la meilleure manière d'éviter un combat était de rester calme et éloigné de la portée des poings. Il l'examina froidement en se tenant à quelques pas d'elle, essayant de trouver un moyen de la désarmer avant qu'elle n'explose. Il fit en sorte que sa voix reste posée et réconfortante lorsqu'il répondit : « Une deuxième chance. »

Les lèvres de Hailey s'entrouvrirent comme s'il venait de lui mettre un coup de genoux dans les tripes, puis un éclair de douleur apparut dans ses yeux. Elle prit une inspiration tremblante. « Et pourquoi je devrais t'en donner une ? »

« Je me suis donné du mal pour essayer de comprendre pourquoi tu es aussi hostile avec moi. » Il combla l'espace qui les séparait, pas après pas. « Après tout, c'est toi qui m'a quitté sans même un au revoir. »

« Je t'ai laissé un mot. »

« Oui, et je l'ai gardé pendant neuf ans. » Il tendit le bras, et sa bouche devint sèche au moment où il prit sa main. Elle était forte et chaude, les callosités dans sa paume symbolisaient les heures qu'elle avait consacrées au sport. Et elle semblait parfaite dans la sienne.

Elle baissa les yeux vers leurs mains, sa colère s'évanouissant comme la nuit précédente. Peu importe l'agressivité dans laquelle elle se drapait, elle ne pouvait pas cacher l'attirance physique qui existait entre eux. Il s'en était aperçu la nuit précédente quand il l'avait embrassée, mais à présent il en avait la preuve. Cela lui donna le courage de continuer. « Je n'ai absolument pas l'intention de gâcher cette occasion, Hailey. On a vécu quelque chose de spécial cette nuit-là, et je veux savoir s'il pourrait y avoir plus que ça. »

Elle dégagea sa main en tirant d'un coup sec, une coquille glaciale l'enveloppant tandis qu'elle patinait vers l'arrière, les yeux rivés sur la glace. « Non, je ne peux pas me permettre d'être distraite par quoi que ce soit, et surtout pas par toi. »

« Pourquoi ? »

Ses yeux bleus vacillèrent et sa haine cinglante refit surface. « Écoute, si tu cherches un coup vite fait, je suis sûre que le grand Ben Kelly ne devrait pas avoir de mal à trouver plein de *bimbos* dans la station qui seront prêtes à satisfaire ses besoins. »

« Je n'ai jamais dit que je voulais un coup rapide. » Il luttait pour que sa voix reste basse et ferme, même s'il paniquait intérieurement. Il avait attendu des années pour avoir une deuxième chance avec elle, et d'une certaine manière c'était en train de lui échapper. « Je pensais plus à y aller doucement, à apprendre à mieux te connaître. »

« Ouais, eh bien ton baiser d'hier soir ne laisse pas penser ça. »

« Et si je me rappelle bien, tu me l'as rendu ce baiser. »

Deux taches rouges apparurent sur les joues de Hailey, mais il était incapable de déterminer si elles étaient dues à la colère ou à la gêne. Elle fit demi-tour et elle retourna à la ligne de palets. « Ça n'arrivera pas, Kelly », dit-elle avant de lancer un autre missile dans le filet.

Il avait envie de se précipiter sur la glace et de l'embrasser jusqu'à ce qu'elle accepte de lui donner une seconde chance, mais le mur n'était pas la seule chose qui le retenait. « Même pas un dîner ? »

« Non. »

Il était temps d'adopter une nouvelle tactique. « Qu'est-ce qu'il faudrait que je fasse pour te convaincre alors ? »

Elle fit une pause, sa crosse suspendue dans les airs, prête à pour un nouveau tir frappé. Puis elle la baissa et elle patina lentement vers lui. Ses lèvres étaient fermées dans une ligne de défi, mais ses yeux clignèrent au moment où elle regarda avec une pointe de curiosité. « Tu n'accepteras pas un non comme réponse, pas vrai ? »

L'espoir réchauffa son sang. Il avait enfin fait des progrès avec elle. « J'ai attendu neuf ans. Alors quelques jours de plus ce n'est rien du tout. »

Le coin de la bouche de Hailey se souleva dans un sourire sournois qui creusa la fossette de sa joue gauche. « Très bien. J'irai dîner avec toi si tu réussis à bloquer un de mes tirs. »

Elle soutint son regard tout en retournant vers la ligne bleue, et son sourire s'élargit, faisait apparaître la seconde fameuse fossette. Puis, comme pour prouver ce qu'elle venait de dire, elle tira de nouveau sur la silhouette. Le palet passa juste au-dessus du gant du receveur.

Ben fit une grimace et regarda la glace comme s'il s'agissait d'un marais infesté d'alligators. Il avait définitivement beaucoup de travail devant lui s'il voulait accepter son offre.

Mais cela ne voulait pas dire qu'il ne pouvait pas essayer de la battre par d'autres moyens.

Il se força à sourire et il fit un geste de la main. « À bientôt, Hailey. »

CHAPITRE SIX

Haila sauta de la Zamboni et elle ramassa ses affaires. Elle chancelait sur ses jambes après avoir parcouru des kilomètres en s'entraînant à patiner, mais la douleur avait disparu une fois que son sang avait de nouveau circulé. Cela avait été une bonne session d'entraînement.

Encore mieux, ce jour-là Ben Kelly ne s'était pas montré pour la distraire. Elle avait vu juste - il avait peur de remettre un pied sur la glace. La veille, son boitement avait totalement disparu après qu'il ait descendu les dernières marches pour l'arrêter. Il se cachait derrière sa blessure et elle doutait qu'il puisse surmonter sa peur pour accepter l'ultimatum qu'elle lui avait lancé. Avec un peu de chance, il accepterait qu'on lui dise non cette fois et il quitterait la ville.

Pourtant, une pointe de tristesse transperça sa poitrine lorsqu'elle pensa à son départ. Il avait eu l'air tellement sérieux, tellement sincère à propos du fait de vouloir une seconde chance qu'elle avait presque failli le croire.

Interroge-le à propos des lettres et découvre la vérité.

Mais elle avait trop peur de le faire. Lui poser des questions à propos des lettres signifiait évoquer Zach, et cette blessure était encore trop proche de la surface.

En plus, elle ne savait quasiment rien à propos de Ben, mis à part que c'était un merveilleux amant. Et un bon joueur de hockey - peut-être le meilleur gardien de la NHL. Et il n'avait vraiment pas l'air d'avoir une mauvaise réputation de bagarreur ou de *noceur*. En fait, la seule couverture médiatique à son propos soulignait ses sauvetages à couper le souffle.

En d'autres termes, il semblait vraiment être un homme plutôt honnête. Peut-être un peu romantique étant donné qu'il avait gardé sa lettre pendant toutes ces années.

Elle grommela et elle frappa sa tête contre la porte de derrière. *Continue à penser comme ça et tu vas finir par retourner dans son lit et par te retrouver encloque avant Sotchi.*

Elle récupéra ses clés sur la patinoire et elle ferma la porte de derrière. Le soleil estival tapa sur son dos et ses épaules, soulageant la fatigue qui s'était installée dans ces derniers. C'était le jour parfait pour aller dans les collines et profiter du paysage avant d'aller travailler.

« C'était comment l'entraînement ? », demanda une voix masculine familière derrière elle.

Hailey sursauta et se retourna.

Ben se tenait à quelques mètres d'elle, affichant un sourire déconcerté.

« Tu n'as rien de mieux à faire que de me harceler ? » Elle le dépassa et jeta ses affaires à l'arrière de son 4x4.

« Non, pas vraiment. Après tout, je viens juste d'arriver en ville. » Il la suivit. « Si quelqu'un du coin pouvait me faire visiter et de me montrer des choses à faire, peut-être que je pourrais trouver de quoi me distraire. »

Elle tendit le bras pour s'accrocher à l'arrière de la Jeep. Un grognement amusé sortit de sa poitrine. « Tu ne vas pas lâcher l'affaire, pas vrai ? »

« Je pense que tu connais déjà la réponse. » Il était trop proche, son souffle couvrait l'arrière de sa nuque. « Ça te dérangerait de me faire visiter ? »

Elle ferma les yeux, essayant de faire disparaître la vague instinctive de désir qui parcourut ses veines en raison de leur proximité physique. Le parfum épicé de son eau de Cologne était à la fois excitant et réconfortant. Cela lui donnait envie de plonger sa tête sous son menton et d'appuyer son nez contre son coup afin de pouvoir le respirer.

Il posa un doigt sous le menton de Hailey et il guida sa tête afin qu'elle soit face à lui. Ses yeux la suppliaient comme ceux de Zach quand il voulait quelque chose. « S'il te plaît. »

Et exactement comme avec son fils, elle fut incapable de dire non. « D'accord. » Elle repoussa sa main. « Mais on prend ma voiture. »

Il regarda son tas de ferraille d'un œil dubitatif. « Tu es sûre que ce truc est sans danger ? »

« Oui. » Elle se hissa sur le siège conducteur et fit une prière silencieuse pour qu'il change d'avis.

« Tu es sûre que tu ne préfères pas qu'on prenne ma voiture ? »

Elle secoua la tête. « Je ne serais pas à l'aise si je conduis une voiture qui vaut le prix de ma maison. »

« Je pourrais conduire, tu n'aurais qu'à me dire où aller. »

« Comme si un homme allait écouter une femme qui lui donne des instructions. »

« Je n'avais aucun problème pour suivre tes instructions avant. »

Ses joues devinrent chaudes quand elle réalisa qu'il faisait référence à leur unique nuit ensemble. « Écoute, Kelly, tu voulais une visite guidée et je suis prête à te l'offrir, mais selon mes conditions. On prend mon 4x4 parce que je sais qu'il peut tenir sur les routes du coin. Alors maintenant tu montes ou tu me laisses partir. »

Elle démarra le moteur et il se dépêcha de faire le tour de la voiture vers le côté passager, allant plus vite que ce qu'un homme avec un genou abîmé n'aurait dû le faire. Oui, il se cachait définitivement derrière sa blessure.

Mais lorsqu'il monta sur le siège et qu'il vit l'intérieur usé, une nouvelle émotion parcourut la jeune femme - de la gêne. Elle raffermit sa prise sur le volant. « Je sais que ce n'est pas une Land Rover de rêve - »

« Pas de souci. » Il boucla sa ceinture de sécurité et il

sourit. « Comme tu l'as dit, elle peut tenir sur les routes du coin. »

Elle sortit du parking, et les fourmillements à la base de sa colonne lui rappelèrent qu'elle était toujours très consciente de sa présence. « Tu sais déjà où se trouve la patinoire », dit-elle avec sa meilleure voix de guide touristique en tournant à droite. « Voilà la route principale de Cascade. Là-bas, c'est l'épicerie, la quincaillerie. Tu connais déjà le Sin Bin. Et voilà la clinique médicale. »

Il acquiesçait tandis qu'elle montrait du doigt les principaux commerces le long de la route. « C'est une assez petite ville si tu n'inclus pas la station. »

« Ouais, mais je ne voudrais vivre nulle part ailleurs. C'est comme avoir une famille élargie. »

« C'est ce que tout le monde n'arrête pas de me dire. J'ai entendu plus d'une fois qu'ils prenaient soin des leurs. » Il se tourna vers elle. « En particulier quand il s'agit de toi. »

Elle haussa les épaules, même si ses joues devinrent chaudes. « Ils savent tous qu'il me reste une seule chance pour les Jeux Olympiques et ils veulent m'aider à y arriver. Lou me laisse utiliser la patinoire en dehors des heures d'ouverture tant que je nettoie après. Gus me fait jouer pour que je puisse montrer aux entraîneurs ce que j'ai à offrir. P'pa fait en sorte que j'ai des horaires flexibles au Sin Bin. »

« Ouais, exactement comme une grande famille. » Il s'enfonça dans son siège. « Réussir à aller à Sotchi, ça compte vraiment pour toi, pas vrai ? »

Elle eut un pincement au cœur qui lui rappela la promesse qu'elle avait faite à Zach. « Plus important que tout le reste dans ma vie. »

« Pourquoi ne pas avoir essayé de rentrer dans l'équipe du Canada avant ? »

Elle se mit à avoir du mal à respirer. Est-ce qu'il savait ? Ou est-ce qu'il allait juste à la pêche aux informations ? Elle choisit ses mots avec le plus grand soin. « La vie en a décidé autrement. »

« C'est ce qu'a dit Cindy. »

Il était temps de rappeler à Cindy de garder la bouche fermée. « Oh ? »

« Ouais, mais elle n'a pas voulu développer. Comme je le disais, ils ont tous l'air particulièrement protecteurs avec toi. »

« Peut-être que c'est juste parce que tu n'es pas du coin. » Elle s'arrêta au carrefour menant à la station. « Est-ce que j'ai besoin de te faire visiter là-bas ? »

« Pas vraiment. Je connais déjà ce côté de la montagne. » C'était sa chance de mettre un terme à la visite et d'en finir avec lui, mais il ajouta ensuite : « Ça te dérangerait de me montrer un de tes endroits préférés ? »

Hailey s'agrippa au volant, évaluant quel était le risque si elle passait plus de temps avec lui. Mais si elle l'emmenait au belvédère, peut-être que cela lui donnerait une occasion de parler de Zach. Elle tourna vers une autre route s'éloignant de la station. « Accroche-toi bien alors. Ça va sauter un peu. »

La partie pavée de la route se termina à quelques mètres de l'intersection, et elle tourna pour emprunter une piste en gravier montant sur le flanc opposé de la montagne. Ben s'agrippa à la poignée de la portière en silence, le visage tendu, tandis qu'elle se frayait un chemin sur la forte pente qu'elle connaissait par cœur. Même avec un véhicule tout-terrain, l'ascension était lente ; mais après vingt minutes, ils arrivèrent à l'affleurement plat le long de la crête.

Les nuages du matin s'étaient dissipés, révélant des kilomètres de sommets dentelés à perte de vue. Au loin, une bande d'eau bleue scintillait comme un minuscule diamant caché de tous sauf de ceux qui savaient où le chercher. Le vent froid fouetta les glaciers environnant au moment où Hailey sortit du 4x4, glaçant son souffle et revigorant son âme. Cet endroit faisait autant partie d'elle que la patinoire de hockey.

Elle se retourna à temps pour voir Ben haleter la bouche grande ouverte, et elle gloussa. « En dehors de la glace, c'est l'endroit que je préfère dans cette ville. »

« Je peux comprendre pourquoi. » Il s'extirpa de la voiture en laissant sa canne à l'intérieur, puis il la rejoignit devant la Jeep. « Je ne savais même pas que cet endroit existait. »

« Comme la plupart des gens qui ne sont pas du coin. » Elle monta sur le capot chaud de sa voiture, puis elle recouvrit ses mains avec les manches de sa polaire. « Je préfère ne pas penser au jour où ils le découvriront et où ils essayeront de construire une autre station. »

« La ville ne laisserait pas ça arriver, si ? »

Elle ressentit des picotements dans ses yeux lorsqu'elle se souvint de la fois où elle avait emmené Zach dans cet endroit et où il lui avait posé la même question. Elle remonta ses genoux jusqu'à sa poitrine, puis il fit à Ben la même réponse que celle qu'elle avait donné à son fils. Sa voix se brisa. « Pas si on peut aider à empêcher ça. »

Il pencha la tête sur le côté, l'air perplexe, et elle attendit qu'il lui demande ce qui n'allait pas. Les coins de sa bouche s'affaissèrent, sa lèvre inférieure ressortant un peu.

Son cœur émit des battements sourds et elle sentit son estomac se nouer. *Dis-lui*, lui criait son esprit, mais sa langue refusait de lui obéir. Si elle osait ouvrir la bouche, elle pourrait commencer à pleurer. Non, elle ne pouvait pas se permettre de lui montrer la moindre faiblesse.

Heureusement, il n'insista pas sur la question. « Cet endroit est spécial pour toi, pas vrai ? »

Elle acquiesça et elle appuya sa joue sur ses genoux. La dernière fois qu'elle était venue ici, c'était lorsqu'elle avait dispersé les cendres de Zach, l'été précédent. Il adorait cet endroit. L'idée qu'il en devienne une partie s'était imposée d'elle-même.

Ben se plaça face à elle et il posa ses mains sur les hanches de la jeune femme en l'attirant près de lui. « Alors merci d'avoir partagé ça avec moi. »

Il était tellement facile de fondre dans ses bras. Il cala la tête de Hailey sous son propre menton, et son parfum la calma, exactement comme elle l'avait imaginé. Le cœur du jeune homme battait d'un rythme calme et prévisible qui n'avait rien à voir avec celui qu'elle avait en face d'elle. Ben Kelly était tout sauf prévisible, et le fait d'être si proche de lui ne faisait rien pour la calmer. Son pouls dansait, faisant disparaître sa peine en cours de route. Elle était venue dans cet endroit pour lui parler du passé, mais à sa grande surprise elle était en train de commencer à se demander si elle avait un futur avec lui.

Comme s'il savait ce qui se passait dans l'esprit de la jeune femme, il recula juste suffisamment pour que ses lèvres trouvent les siennes. Contrairement au baiser précédent, celui-ci était lent et doux. Elle appuya ses paumes contre son torse en essayant de résister de toutes ses forces. Et pourtant elle se sentait complètement sous son charme. Elle enroula ses doigts autour du revers de sa veste et elle lui rendit son baiser.

Au lieu d'un brasier qui lui donnait envie d'arracher ses propres vêtements, celui-ci donna naissance à une lueur chaude qui débutait dans sa poitrine, puis qui se répandit dans ses veines comme un shot de whisky un soir glacial. Il faisait disparaître la fraîcheur, le chagrin, le vide qui l'avait remplie depuis la mort de Zach, et il lui donnait quelque chose de nouveau à quoi se raccrocher.

À l'instant même où elle avait rencontré Ben, elle avait su qu'il était différent de tous les autres hommes qu'elle avait connus. Il faisait chavirer son cœur et bouillir son sang. Il lui faisait ressentir des choses qu'elle ne voulait pas ressentir - de la passion, du désir, de la colère, de la haine. Mais pendant un instant, elle réfléchit à quoi mènerait le fait de lui donner une seconde chance.

Il s'écarta, haletant, et il prit les joues de Hailey dans ses mains. « Hailey », murmura-t-il d'une voix rauque qui déchira le cœur de la jeune femme.

Ce serait tellement facile de le suivre jusque chez lui et de revivre la seule nuit qu'ils avaient partagée.

Une vague de panique monta dans sa gorge lorsque cette pensée s'insinua dans son esprit. Si elle cédait à cette tentation, est-ce qu'elle souffrirait des mêmes conséquences que la fois d'avant ?

Cette fois, elle n'eut aucune difficulté à le repousser. Elle descendit du capot en glissant et elle marmonna : « Je dois aller travailler. »

La magie du moment s'évanouit et ils redevinrent deux étrangers de chaque côté du 4x4. Ben se détourna, les épaules baissées, et il regarda fixement au loin jusqu'à ce qu'elle démarre le moteur. Lorsqu'il remonta dans le véhicule, il se déplaçait comme un homme qui avait le double de son âge.

Hailey gardait les yeux fixée sur la route, ignorant son passager. Morceau par morceau, Ben était en train de déchirer l'image qu'elle avait eue de lui pendant toutes ces années. Plus elle passait de temps avec lui, plus elle avait du mal à le mépriser. Le célèbre joueur de hockey qui avait nié la connaître disparaissait, laissant place à un romantique calme qui avait gardé un souvenir d'une aventure d'un soir dans son portefeuille pendant neuf ans.

Le silence sur le trajet du retour jusqu'à la patinoire creusa l'espace entre eux. Lorsqu'elle entra dans le parking, elle avait réussi à reconstruire ses barrières. « J'espère que tu as apprécié la visite. »

Le sourire qu'il fit en réponse ne correspondait pas à son regard. « Oui. Merci. » Il prit sa canne et il descendit du 4x4. « Il y a des chances pour que tu changes d'avis à propos du dîner ? »

Elle avait du mal à déglutir pour noyer son envie de dire oui. Son regard se posa sur la canne dont il n'avait manifestement pas besoin. Peut-être que si elle le poussait à revenir sur la glace ils pourraient se guérir l'un l'autre. « Aucune chance, Kelly. »

Il poussa un soupir exagéré. « C'est ce que je pensais. À un de ces quatre. »

Elle attendit un moment après qu'il eut claqué la portière, puis elle le regarda retourner à sa Land Rover tout en essayant de démêler les sentiments mélangés qu'elle ressentait pour lui. Son cœur et son esprit se battaient l'un contre l'autre. Aucune résolution claire ne voyant le jour, elle conduisit jusqu'au Sin Bin et elle resta assise dans son 4x4 jusqu'à ce que le véhicule de Ben passe devant elle. Puis elle se précipita de l'autre côté de la rue, en direction de la clinique médicale.

« Salut Lisa », dit-elle en passant devant l'hôtesse d'accueil. « Est-ce que Jen est avec un patient ? »

« Non, elle est en pause déjeuner pendant encore dix minutes. »

« Parfait. » Cela laissait beaucoup de temps pour utiliser son amie comme planche de soutien.

Assise dans son bureau, Jen picorait une salade tout en surfant sur le net pour trouver des tenues pour bébés. L'éclat sur ses joues complétait son ventre grossissant qui tendait sa robe. L'accouchement était prévu dans deux mois, et toute la ville était déjà anxieuse à propos de qui occuperait son poste à la clinique quand elle serait en congé maternité.

Hailey claqua la porte. « Tu as une minute. »

« Toujours. » D'un geste elle fit passer ses cheveux au-dessus de son épaule et elle fit un grand sourire. « Qu'est-ce qui se passe ? »

Hailey se glissa sur la chaise vide à côté du bureau et elle se frotta les bras. Elle connaissait Jen d'aussi longtemps qu'elle s'en souvienne, mais un voile inhabituel d'embarras l'enveloppa alors qu'elle essayait de trouver ses mots. « Tu sais ce stérilet que tu as fait il y a deux ou trois ans ? Il est toujours bon, n'est-ce pas ? »

Jen arqua un sourcil, ses yeux marron remplis de questions. « C'est bon pendant cinq ans. »

« Et c'est aussi efficace que le fait de se faire ligaturer les trompes, non ? »

« Oui, mais si tu penses à sortir avec ce mec qui vient d'arriver en ville, je te conseillerais d'utiliser un préservatif comme plan de secours. »

« Attends, comment tu as… ». Hailey sauta de sa chaise. « Mais est-ce qu'il y a des secrets dans cette ville ? »

Jen rit et secoua la tête. « Je me demandais quand tu me parlerais de lui. Alors, c'est quoi le scoop ? »

« Juste que c'est le mec le plus frustrant et le plus troublant que j'ai jamais rencontré. » Elle fit des allers-retours dans l'espace exigu du bureau. « Je sais que je devrais garder mes distances avec lui, mais… »

« Mais quoi ? D'après ce que j'ai entendu, il est mignon et il a l'air un faible pour toi. » Jen prit une bouchée de salade. « Oh, et il laisse des pourboires indécents à Cindy. »

« C'est juste parce qu'il essaye de lui soutirer des informations. »

« Et encore mieux. Il montre qu'il est vraiment à fond sur toi. Et il est temps que tu recommandes à sortir avec des mecs. »

« Ce n'est pas aussi simple que ça. » Elle s'arrêta et elle peigna ses cheveux avec ses deux mains, rassemblant son courage pour partager son secret avec sa meilleure amie. « Ben et moi on a un passif en quelque sorte. »

La mâchoire de Jen tomba en même temps que sa fourchette. « Ben ? Comme dans Monsieur-le-Dieu-du-sexe ? »

Hailey acquiesça et fixa le sol.

« Mais ça voudrait dire qu'il est… » La voix de son amie

se tut avant qu'elle ne puisse aborder le sujet qu'aucune d'elles n'osait aborder. Jen se raidit dans sa chaise. « Est-ce qu'il est au courant pour Zach ? »

« Je n'en suis pas sûre. »

« Qu'est-ce que tu veux dire par 'je n'en suis pas sûre' ? Soit tu lui en as parlé soit tu ne l'as pas fait. »

« Putain, j'ai essayé de lui en parler quand Zach était malade, mais je ne sais absolument pas s'il a reçu mes lettres. » Elle s'affaissa sur sa chaise, puis elle frotta sa nuque. « Neuf années de rien, et bam ! Il se pointe dans notre petite ville et il demande une deuxième chance. »

« Il te cherchait ? »

« Je ne pense pas. Je veux dire, tout ça semble être une grosse coïncidence. »

« Ou le destin. » Jen applaudit et poussa un petit cri d'excitation. Cette femme avait indubitablement lu trop de romans à l'eau de rose. « Alors qu'est-ce que tu vas faire à propos de lui. »

« Qu'est-ce que je peux faire ? Je veux dire si je tombe encore dans ses bras, alors non seulement je cours le risque de laisser passer ma dernière chance de participer aux Jeux Olympiques, mais je finirai aussi forcément par être blessée. »

Jan hocha la tête, l'encourageant à continuer.

Hailey déglutit avec difficulté. Et c'était là qu'arrivait la partie difficile - révéler au grand jour le désir sexuel qu'elle ressentait même si elle ne voulait pas l'admettre. Mais honnêtement, j'ai de plus en plus de mal à dire non. L'attirance physique est encore là. »

« Et à propos de Zach ? »

La question l'atteignit comme si on l'avait frappé à l'estomac et lui rappela à quel point elle était lâche. « J'ai peur d'aborder le sujet avec lui. »

« Pourquoi ? »

Parce que j'ai peur qu'il me laisse tomber encore une fois.

Elle enveloppa ses bras autour de son ventre et elle se plia en deux dans sa chaise. S'il ne sait vraiment rien à propos de Zach, alors comment tu crois qu'il réagira quand je lui raconterai tout ? Zach n'est plus là, et je ne peux rien faire pour changer ça. »

« Mais il a le droit de savoir pour son fils. »

« C'est facile pour toi de dire ça. » Son regard se posa sur le ventre arrondi par la grossesse de son amie et sur l'alliance que portait Jen. « Tu vis un mariage heureux avec un homme qui sait que son bébé est en route. »

Jen pinça les lèvres et se balança sur sa chaise de bureau. « Qu'est-ce qui est vraiment en jeu là ? »

Les doigts de Hailey devinrent glacés et sa bouche se fit sèche. Elle lécha ses lèvres. « J'ai peur de craquer encore plus pour lui qu'avant et de finir dans un état encore pire que la dernière fois. J'ai fait une promesse à Zach et j'ai l'intention de la tenir. Mais Ben pourrait tellement me distraire que je pourrais tout oublier à propos de ça. »

« Oh, ma chérie. » Jen tendit le bras et prit sa main. « Je sais que ce n'est vraiment pas le bon moment, mais c'est une seconde chance pour arranger les choses. Je veux dire, est-ce qu'il a l'air de ne chercher qu'une autre aventure d'un soir, ou est-ce qu'il a l'air de vouloir plus ? »

Le souvenir de son baiser sur la crête remplit l'esprit de Hailey. Non, ce n'était pas le baiser d'un homme qui cherchait juste à passer un bon moment vite fait. C'était le baiser d'un homme qui essayait de lui faire comprendre qu'il était prêt à attendre patiemment qu'elle change d'avis. « La deuxième réponse. »

« Alors vas-y doucement et vois ce qui se passe. Mais ne garde pas trop longtemps le secret à propos de Zach. » Elle ouvrit le tiroir de son bureau et elle sortit un des préservatifs qu'elle donnait à ses patients pour qu'ils aient des rapports protégés. « Peut-être que tu devrais en garder un à portée de main quand même, au où tu en aurais besoin. »

Même si elle n'avait pas envie de rire, le coin de la bouche de Hailey se souleva dans un semi-sourire. Elle prit le préservatif et elle le mit au fond de sa poche. « Je peux me contrôler maintenant, tu sais. Je ne suis plus une gamine de dix-huit ans avec les hormones en ébullition. »

« Non, tu es pire que ça. Tu sais déjà à quel point il est bon au lit. C'est comme si tu venais de goûter du chocolat et que le seul moyen de te satisfaire était de te permettre d'en avoir plus. »

Sur le moment, elle ne put s'empêcher de rire. Ben était comme du chocolat fin, mais il y avait toujours un risque certain comme avec toutes les bonnes choses. « Et donc tu comptes lui en parler quand ? »

« Quand je sentirai que c'est le bon moment. »

Hailey prit une inspiration et retint son souffle, espérant que la réponse se présenterait à elle d'elle-même. « Et si je ne sens jamais que c'est le bon moment ? »

Jen serra sa main et lui fit un sourire rempli de compassion. « Alors c'est que tu n'écoutes pas ton cœur. »

Elle se pencha et elle prit sa meilleure amie dans ses bras. « Merci, Jen. »

« Je serai toujours là pour toi. » Jen recula en arborant un sourire taquin. « Et si tu décides de te faire plaisir en repassant une nuit avec lui, raconte-moi comment ça s'est fini. »

« Tu en as déjà marre de Nick ? »

Jen secoua la tête, son sourire s'élargissant tandis qu'elle caressait son ventre. « J'essaye juste de vivre par procuration à travers toi. »

Hailey quitta la clinique en ayant un esprit plus serein qu'à son arrivée sur les lieux. Jen lui avait dit d'y aller doucement et elle le ferait. Elle espérait juste que tout ne volerait pas en éclats quand elle arriverait enfin à parler de Zach à Ben.

CHAPITRE SEPT

Ben répondit à son téléphone sans chercher à savoir qui était en train de l'appeler. « Allo ? »

« Salut, Ben. » La voix de son entraîneur, John McMurty, le prit au dépourvu comme un tir des poignets dans son angle mort. « Comment va ton genou ? »

Une flopée de mots de cinq lettres envahit son esprit lorsqu'il se pencha en arrière sur sa chaise, mais aucun mot ne sortit de sa bouche. Il était encore en train d'essayer de trouver le courage d'aller sur la glace, et son entraîneur le pressait déjà de lui faire un rapport sur la situation. « Ça va mieux. »

« Bien. » Une pause suivit. « Il y a une chance qu'on te voie au camp d'entraînement en septembre ? »

Ben regarda fixement le plafond et fit courir ses doigts dans ses cheveux. « Peut-être. »

« C'est tout ce que tu peux me donner ? Un peut-être ? »

« Qu'est-ce que tu veux que je dise, Mac ? Que mon genou va mieux par magie et que je suis à nouveau en condition idéale pour jouer ? Ça fait seulement trois mois. »

« Je sais que tu seras pas à cent pour cent tout de suite, mais la période de recrutement arrive et j'ai besoin de savoir s'il faut que je trouve un gardien. »

Il posa les yeux sur la paire de patins qu'il avait amenée de Vancouver le matin même et il eut des sueurs froides. La lumière éclatante le long des lames le narguait. Après que Hailey moi ait clairement fait comprendre qu'elle ne reviendrait pas sur son ultimatum, il avait conduit jusqu'à son pied-à-terre de West Point Greyn, encore enivré par le baiser qu'elle lui avait donné, et il avait rassemblé ses affaires. Maintenant qu'il avait eu du temps pour analyser ses actions, il se demandait à quoi il avait bien pu penser.

Au moins cela lui permettait d'avoir quelque chose à dire à Mac sans avoir à mentir à celui-ci. « Je suis passé prendre mon équipement hier soit et je prévois d'aller sur la glace dans un jour ou deux. » Avec un peu de chance, cela lui laisserait assez de temps pour marquer des points avec Hailey et obtenir un rendez-vous pour un dîner avec elle. Il aurait le temps de penser à sa carrière ensuite.

« C'est juste ce que je voulais entendre. » Il pouvait presque voir Mac en train de faire un grand sourire à travers le téléphone. « Tiens-moi au courant. »

« Je le ferai. » Ben mit fin à l'appel, puis il jeta son téléphone sur le canapé.

Il devait y avoir un moyen plus simple.

Mais ne trouvant aucune solution, il traversa la pièce et il ramassa un des patins. La dernière fois qu'il les avait portés, c'était la nuit où il avait été blessé. Et maintenant, il était prêt à prendre le risque de l'être à nouveau, tout cela juste pour impressionner une fille.

Enfin, pas n'importe quelle fille. Hailey.

Et pourtant, elle restait un mystère. Pour un endroit qui était supposé être un de ses préférés, elle avait semblé être sur le point de fondre en larmes la veille. Le fait de la regarder descendre du capot avec les yeux brillants l'avait plus atteint qu'il ne le pensait. L'envie irrésistible de la réconforter l'avait assailli avec autant de force que celle du *fumier* qui avait détruit son genou. Mais au lieu de le mettre à terre et de le laisser étourdi, cela l'avait rapproché d'elle, et lui avait donné le courage de la prendre dans ses bras et de soulager sa peine.

Et le baiser qui avait suivi... Il n'était pas prêt à disséquer tout cela. Tout ce qu'il savait c'était que cela lui avait semblé aussi naturel que le fait de respirer, et pourtant cela l'avait laissé sans souffle à la fin.

Il leva le patin à hauteur de son visage. « Tu ferais mieux de ne pas jouer avec moi », dit-il avant de le laisser tomber dans un sac.

Le soleil commençait à se coucher, illuminant d'or les sommets situés à l'ouest. À quoi cela ressemblait-il depuis la crête où Hailey l'avait emmené ? Était-ce encore plus impressionnant que la veille ? Il se frotta la mâchoire en se demandant s'il pourrait retrouver son chemin jusque là-bas sans elle tout en regardant le soleil disparaître derrière les montagnes et baigner la vallée dans l'ombre.

Il avait envie de la revoir.

Correction - il avait *besoin* de la revoir, si seulement il pouvait la faire sortir de son esprit pendant les quelques heures qui venaient.

Il prit ses clés et il conduisit jusqu'au Sin Bin en pensant qu'il s'agissait probablement du meilleur endroit où la chercher à cette heure. Le parking était aussi vide que le bar. Deux femmes étaient assises sur des tabourets et discutaient avec Cindy, mais en dehors d'elles l'endroit était désert.

« Salut, mon chou. » Cindy lui envoya un sourire radieux et le salua de la main de derrière le bar. « Qu'est-ce qui vous amène ici ce soir ? »

« Je cherchais Hailey. »

Les deux femmes gloussèrent, obligeant Cindy à les faire taire d'un geste.

La gêne parcourut sa colonne. Est-ce qu'il se retrouvait de nouveau au milieu d'une farce *locaux-contre-étrangers* comme avec le pain de viande l'autre soir ?

« Hailey joue ce soir, mon chou. Vous la trouverez à la patinoire. »

« Merci. » Alors qu'il se retournait pour partir, il sentit trois paires d'yeux fixer son dos. Il était certain qu'il serait le sujet de conversation des trois femmes pendant l'heure qui suivait.

Contrairement au Sin Bin, le parking de la grange était bondé, ce qui l'obligea à se garer à deux pâtés de maisons. Ce ne fut que lorsqu'il sortit qu'il s'aperçut qu'il avait oublié sa canne chez lui. Ses premiers pas furent accompagnés par des protestations de la part de son genou, mais au moment où il atteignit la patinoire, la douleur s'était envolée.

Au moment où il entra à l'intérieur de la patinoire, il eut l'impression que tous les habitants de la ville se serraient au maximum les uns contre les autres. Un vacarme assourdissant combinait des hurlements et des coups de pied martelés sur le sol, tous les gens du coin encourageant une des équipes en train de jouer. En se frayant un chemin jusqu'à la glace, il put apercevoir les maillots. Les Sin Bin des Erikson étaient en train de jouer contre la quincaillerie des McInnis, mais ce match local provoquait la même passion chez les habitants de cette petite ville qu'un duel entre deux équipes de la NHH.

Il trouva Hailey en un rien de temps. Elle faisait partie des joueurs les plus petits sur la glace, mais la manière dont elle maniait la crosse laissaient les autres mordre la poussière. Elle passa devant lui à toute allure avec le palet, puis elle ralentit brusquement pour prendre à défaut la défense de l'autre équipe avant de décrire des cercles autour du filet et de lancer un tir des poignets enveloppé dans l'angle mort du gardien de but.

Dans la foule, des encouragements et des plaintes se firent entendre, et Ben s'aperçut qu'il était en train d'applaudir en rythme avec le public.

Hailey était douée. Elle méritait d'être dans l'équipe nationale canadienne. Et peut-être qu'il s'agissait d'une opportunité pour lui de pouvoir aider la jeune femme.

Il continua de descendre les marches jusqu'à l'endroit où se tenait Gus qui était occupé avec une petite caméra. « Vous enregistrez le match ? »

« Ouais », répondit l'entraineur sans quitter la glace des yeux. « J'ai des garçons qui espèrent rentrer dans les ligues junior, et je veux être sûr d'avoir plein d'images d'eux pour les recruteurs. »

Ben leva un sourcil. Il avait des doutes sur le fait qu'un des joueurs sur la glace puisse être un jeune adolescent. « Et Hailey ? »

Sa question força Gus à se retourner. « Ouais, elle aussi. » Il lui lança un regard en coin. « Je n'arrive pas à me libérer de cette impression que je vous connais de quelque part. »

Un rugissement dans la foule ramena de nouveau son intention vers la glace où un des joueurs des Sin Bin récupérait le palet qui était en possession de l'équipe adverse avant de faire une passe à Hailey. Une espèce de brute se plaça devant elle pour lui ouvrir un chemin sur la glace.

« Ça c'est mon garçon ! », cria Gus en continuant de braquer sa caméra sur Hailey tout en levant son poing à plusieurs reprises. « Vas-y, défonce-les Moose. »

Moose regarda le défenseur de droite qu'il assomma en passant, et il offrit à Hailey une occasion de tirer droit dans le filet. Et comme elle l'avait fait l'autre jour lorsqu'il l'avait observée, elle lança un tir frappé vers la barre latérale qui atterrit dans le filet.

« Oh, elle les défonce », dit Gus avec un large sourire.

Hailey eut à peine le temps fêter son but. Un des joueurs de la quincaillerie se plaça devant elle et commença à lui crier quelque chose. Le bruit de la foule noya ses paroles mais selon la manière dont elle serra la mâchoire, il ne s'agissait pas d'une conversation amicale.

Le joueur lui donna un petit coup avec son épaule, puis avec sa main, tout en continuant à faire son cinéma devant elle tandis que les autres joueurs se rassemblaient autour d'eux. Elle leva sa crosse et elle plissa les yeux.

« Oh merde », murmura Gus au moment même où

Hailey posa les yeux sur le visage de l'autre joueur.

Les acclamations de la foule au moment où elle marqua un but ressemblaient à des applaudissements polis comparées à la *standing ovation* qu'ils offraient à son combat acharné.

L'estomac de Hailey se noua au moment où un autre joueur s'élança vers elle, son poing ratant de peu le nez de la jeune femme. Hailey réussit à mettre un coup de poing bien placé dans le ventre de ce dernier avant que les arbitres ne les séparent et les renvoient vers leurs bancs de pénalités respectifs. Elle se laissa tomber en soufflant et elle mâchouilla son protège-dents tandis que l'arbitre sifflait la reprise du jeu.

Ben suivit Gus lorsque que ce dernier se dirigea vers l'équipe du Sin Bin. « Erikson, tu dois contrôler ce fichu caractère. Personne ne veut avoir une tête brûlée dans son équipe, surtout quand il est question des Jeux Olympiques. »

« Mais c'est lui qui a commencé, Gus. » Sa bouche resta ouverte comme si elle souhaitait dire plus de choses, mais elle arrêta de se justifier au moment où elle vit Ben. « Qu'est-ce que tu fais là ? »

« Je jette un œil à un match local. »

Elle remit son protège-dents en place, mais pas avant qu'il n'ait saisi l'ombre d'un sourire sur le visage de la jeune femme.

Des picotements parcoururent la peau de Ben Il avait enfin fait des progrès avec elle. Encouragé par la réaction de Hailey, il se pencha davantage. « Et Gus a tort. J'ai vu plein de pénalités pour des bagarres pendant les derniers Jeux. »

Elle se retourna et, le fixant droit dans les yeux, elle soutint son regard. L'envie transparut sur son visage avant qu'elle ne referme son esprit pour se concentrer sur le match. « Ouais, en fait Gus marque un point. Il y a déjà assez de choses contre moi. Je n'ai pas besoin qu'on me colle une étiquette de fauteuse de trouble. »

Le chronomètre pour les pénalités s'arrêta et Hailey bondit sur la glace dès qu'il atteignit le chiffre zéro, puis elle marqua un but en moins d'une minute.

« Et voilà un coup du chapeau. » Gus fit un large sourire en la suivant avec sa caméra. Il lança un regard vers Ben. « Je, je pense que je sais enfin où je vous ai vu avant. Vous êtes Ben Kelly, pas vrai ? »

Fini de se cacher. « Ouais. »

Le haut du crâne chauve de Gus devint rouge et ses lèvres tressaillirent avant de former un sourire nerveux. « C'est ce que je pensais. Vous allez retourner chez les Whales la saison prochaine ? Parce que c'est diablement sûr qu'ils ont besoin de vous. »

Avant qu'il ne puisse répondre, Moose arrêta un autre joueur et le fit tomber sur la glace. L'arbitre siffla et le match fut interrompu pendant que le joueur mis à terre luttait pour se mettre sur ses genoux. La glace devenait rouge en dessous de lui à cause du sang qui coulait de son visage.

La panique s'empara de Ben lorsqu'il vit les autres joueurs se rassembler autour du joueur blessé. Une vive douleur aigüe naquit dans son genou et son cœur se mit à battre plus fort. De la sueur perlait sur sa peau. Des souvenirs de la soirée où il avait été blessé apparaissaient dans son esprit et sa tête se mit à tourner. Il se força à détourner le regard et il s'effondra sur le siège le plus proche avant de perdre le contenu de son estomac.

« Oh allez, Moose ne l'a pas frappé si fort que ça », cria Gus à l'arbitre qui escortait son fils jusqu'au banc des pénalités. Ils gâchent toute la partie amusante du jeu. »

C'était facile à dire pour lui. Il n'avait probablement jamais été du côté de celui qui recevait un coup. Ben se concentra sur sa respiration, prenant une bouffée d'air à chaque fois jusqu'à ce que son anxiété diminue.

Gus dit quelques mots à Moose avant de revenir vers

Ben. « Pas de doute, vous vous intéressez vraiment à Erikson. »

« Peut-être que c'est personnel. »

L'entraîneur prit un air renfrogné. « N'y pensez même pas. Hailey a déjà manqué un voyage aux Jeux parce qu'elle a fricoté avec le mauvais type de mec, et je ne vais pas vous laisser ruiner ses chances cette fois. »

Ben laissa cette information tourner dans son esprit pendant un moment avant de demander : « Qu'est-ce qu'il lui a fait ? »

Gus arrêta la caméra et réduisit l'espace qui les séparait. Même s'il mesurait 15 bons centimètres de moins que Ben, le tempérament de l'entraîneur rattrapait ce qui lui manquait en taille. « Écoutez, je pensais vraiment ce que j'ai dit. Restez loin de notre fille. »

« Compris. » Ben leva les mains et recula. Contrairement à Hailey, il n'avait aucune envie de s'opposer à un adversaire furieux. « Je suis juste curieux à son sujet. »

« Vous pourrez l'être après Sotchi. » Il ralluma la caméra et il continua à enregistrer le match.

Ben s'attarda, et ce faisant il remarqua que le petit écran qui dépassait de la caméra ne montrait que les mouvements de Hailey. Gus n'enregistrait que des images d'elle et de personne d'autre. Puis il revisualisa la menace de l'entraîneur. Il avait parlé d'elle en disant *notre fille*, confirmant ainsi ce que Hailey lui avait dit à propos du fait que la ville ressemblait à une famille élargie. Ils faisaient tout ce qu'ils pouvaient pour que son rêve olympique devienne une réalité, y compris essayer de faire fuir Ben. Mais peut-être qu'il y avait quelque chose qu'il pouvait faire.

« Hey Gus, combien de vidéos d'elle vous avez ? »

« Des heures. Pourquoi ? »

« Vous prévoyez de monter toutes les vidéos ? »

« Elle a déjà de la chance que je sache comment enregistrer ses matchs. »

Eurêka ! Il avait trouvé un moyen de l'aider. « Je suis plutôt bon avec les logiciels de montage vidéo. Vous pensez que vous pourriez m'envoyer quelques fichiers pour que je puisse monter un portrait mettant en avant ses meilleures performances pour l'équipe nationale ? »

La caméra se baissa de nouveau, mais cette fois le visage de Gus était marqué par le scepticisme. « Vous seriez prêt à faire ça pour elle ? »

Ben acquiesça. « Je veux qu'elle ait une chance d'aller à Sotchi autant que tout le monde ici. »

Gus l'observa de ses yeux perçants. « Laissez-moi voir ce que je peux trouver pour vous. »

« Merci. »

Une sirène retentit pour signaler la fin de la période et Ben sortit de la patinoire. Il devait s'assurer que son ordinateur était prêt pour la tâche pour laquelle il venait juste de se porter volontaire. De plus, il avait besoin de vérifier avec ses contacts pour voir s'il existait de moyen pour lui permettre de placer les images de Hailey entre les bonnes mains.

Alors qu'il conduisait sur le chemin du retour, il ne put s'empêcher de repenser au commentaire de Gus à propos de cette histoire de fréquentation du mauvais type d'homme. Des dizaines de scénarios traversèrent son esprit ; aucun d'entre eux n'était bon. Mais cela pouvait expliquer ses larmes sur la crête la veille, ainsi que la raison pour laquelle elle n'était plus la même fille que celle qu'il avait rencontrée neuf ans auparavant.

Il espérait juste qu'un jour, peut-être, elle lui ferait suffisamment confiance pour partager son histoire.

****

Ben regarda le sac qui contenait son équipement comme s'il contenait des crotales sur le point d'attaquer. Il l'avait jeté dans sa Land Rover le matin même avec l'intention d'attraper Hailey à la patinoire et de faire tourner les choses à son avantage. Mais après être resté assis dans le parking pendant les dix dernières minutes, il n'était plus aussi sûr d'être prêt à remettre ses patins.

Ce n'était pas parce qu'il avait mal au genou. Oui, il ressentait la douleur occasionnelle habituelle, mais cela n'avait rien à voir avec celle qu'il avait ressentie après l'accident. Il avait joué avec des douleurs pires. Ce qui le retenait, c'était la possibilité de pousser trop fort, trop tôt, et de ne plus jamais pouvoir rejouer. Il avait vu cela arriver à trop de grands joueurs, et c'était cette peur qui avait déclenché sa crise de panique la nuit dernière lorsqu'il avait vu le joueur blessé.

Il reporta son attention sur la voiture qui se trouvait juste à côté de celle de Hailey et il se demanda qui était à la patinoire avec elle. Sa curiosité se mêla à une pointe de jalousie, et cela lui donna finalement l'élan dont il avait besoin pour sortir de son 4x4. Tout en y repensant, il prit son équipement et il entra dans la patinoire en passant par la porte de derrière.

Hailey était sur la glace avec Moose, le grand garçon du match du soir précédent, et ils faisaient une sorte d'exercice de contrôle du palet. Elle se tenait dans un des cercles de mise en jeu, et elle lui envoyait des passes tandis qu'il se déplaçait dans une ligne de cônes en zigzag. Une fois qu'il fut arrivé au bout, ils échangèrent leurs places. Contrairement à son coéquipier corpulent, Hailey était légère et rapide sur ses patins, maniant le biscuit avec une grande précision. Lorsqu'elle atteignit le bout de la ligne, elle lança le palet dans le filet avec un léger mouvement du poignet.

« Impressionnant », dit-il en descendant les escaliers.

Moose se plaça devant Hailey comme un garde du corps, les boutons d'acné sur son visage sapant l'effet de ses poils de barbe épars sur ses joues. Malgré sa taille, le garçon ne devait pas avoir plus de quinze ou seize ans, et pourtant il donnait l'impression d'être prêt à étriper Ben s'il s'approchait trop près.

« Tout va bien, Moose. » Hailey le contourna en patinant et elle se rapprocha de Ben. « Je le connais. »

« Il s'appelle vraiment Moose[10] ? », demanda-t-il quand elle s'arrêta devant les panneaux.

Elle sourit et elle secoua la tête. « C'est Ryan, mais tout le monde en ville l'appelle Moose. »

« Je peux comprendre pourquoi. Il ferait un super bon joueur. »

« C'est ce qu'on espère. » Elle pointa un doigt vers l'équipement de Ben. « Tu es là pour jouer le gardien de but pour nous ? »

Il sentit un nœud se former dans son ventre. « Non, pas aujourd'hui. Mais je voulais faire quelques tours quand tu auras terminé. »

Elle leva les sourcils, mais elle ne dit aucun mot avant de retourner vers Moose. Après avoir discuté en chuchotant, ils commencèrent à ramasser les cônes. « Il est temps d'enfiler ces patins, Ben », cria-t-elle.

Il les sortit de son sac et il prit une grande inspiration. Ce n'était pas un match. Il n'y aurait pas de contact. Ce serait une occasion de tester son genou et de voir comment il tenait sur la glace. Il eut un rire amer en laçant ses patins. Il avait pour habitude de sauter sur la moindre occasion de les enfiler et d'aller sur la glace. Maintenant cela ressemblait plus à un saut en élastique sur un pont élevé.

Moose s'arrêta devant lui en quittant la glace, et il le fixa d'un air ahuri qui amena Ben à se demander si son surnom de Moose n'était pas dû à une raison autre que sa taille. Après trente secondes, le garçon poussa un grognement et s'assit pour retirer ses patins.

Ben continua à le regarder du coin de l'œil au cas où la

---

[10] Moose : en anglais, « moose » signifie « élan »

brute déciderait de charger.

« Prêt ? », demanda Hailey en attirant de nouveau son attention vers elle.

Il se leva et il vérifia son équilibre sur les lames fines. Jusque-là, tout se passait bien. « Prêt. »

« Alors viens. » Elle lui tendit la main et elle attendit.

Un torrent d'émotions le submergea. De la gêne et de la colère car elle pensait qu'il avait besoin d'aide. De la peur que cela puisse être trop tôt. Un orgueil blessé. Et enfin, une petite étincelle de gratitude quant au fait qu'elle voulait aider.

Il prit sa main en se disant que ce n'était que parce qu'il voulait la toucher, la tenir près de lui. Puis, il rassembla son courage et il entra sur la glace.

Ses chevilles se mirent immédiatement à trembler et il saisit les panneaux.

Un rire profond se fit entendre dans les gradins. « Mauviette », dit Moose en pouffant de rire.

Ben sentit sa peau le brûler au moment où il se raidit et où il retrouva son équilibre. Il allait montrer à ce petit punk.

« Attention », murmura Hailey dans son oreille, ses mots le réconfortant autant que l'inquiétude dont elle faisait preuve à son égard. Elle serra sa main. « Cela fait quelques mois que tu ne l'as pas fait, et il va falloir du temps pour que ton corps se réhabitue à être sur la glace. Procède par étape. »

Il acquiesça et il lâcha les panneaux, mais pas sa main. Mon Dieu, il avait l'impression d'avoir à nouveau trois ans et que son père était en train de lui apprendre à patiner. Il poussa avec sa jambe valide et il glissa vers l'avant. Puis il poussa sur sa mauvaise jambe.

La douleur cinglante dans son genou lui fit prendre une inspiration à travers ses dents serrées.

Hailey resserra son emprise. « Ça va ? »

Il ferma les yeux et il hocha la tête. « Je dois juste

dépasser ça. »

« Si ton genou te fait mal... »

« Ça va », grommela-t-il avant de continuer d'avancer. La raideur diminuait à chaque foulée, et au moment où il atteignit l'autre côté de la patinoire, la douleur avait quasiment disparu. Il s'appuya contre le mur pour mettre moins de poids sur son genou. « Voilà. »

Hailey guida son visage vers le sien. « Qu'est-ce que tu essayes de prouver ? »,

« Je ne sais pas. Tu es la seule qui ait envie de me revoir devant les buts. »

Ses yeux bleus s'adoucirent et elle fit courir son doigt le long de la mâchoire de Ben. « Pas si ça veut dire que tu vas encore te faire mal. »

Il eut un rire triste. « Alors ça veut dire que tu sortiras avec moi sans que j'ai à bloqué un de tes tirs ? »

« Probablement pas. »

« Alors tu ne me laisses pas d'autre choix que celui de patiner. » Il lâcha sa main et il commença à patiner le long des coins.

Hailey restait à côté de lui, s'adaptant à sa lenteur. « Gus m'a parlé de ta proposition. »

« Et je suppose que tu vas me dire de ne pas me prendre la tête. »

« En fait, je voulais te remercier. »

Il s'arrêta et son pouls s'accéléra. « Tu veux dire que tu vas vraiment être gentille avec moi ? »

Une fossette apparut sur sa joue de gauche. « Ne t'excite pas trop, Kelly. Il y a être gentille et puis il y a être polie. Nous les Canadiens, on est passé maîtres dans les deux. »

« Mais tu ne seras gentille au point d'accepter de dîner avec moi. »

L'autre fossette fit son apparition quand elle secoua la tête. « Je ne veux pas que les choses soient trop faciles pour toi. »

« C'est bien, parce que je ne veux pas que ça se termine comme la dernière fois. »

Le sourire de Hailey s'effaça, et il sut qu'il avait touché un point sensible. Sa voix s'était transformée en un murmure sourd lorsqu'elle répondit : « Ouais, moi non plus. »

Elle ajouta de la distance entre eux. « Ça t'embête d'accélérer le rythme ? »

« Je ne suis pas prêt à piquer des sprints, mais je peux essayer d'aller un peu plus vite. »

Il perdit le compte du nombre de tours qu'ils avaient fait autour de la patinoire. Hailey restait à côté de lui, les yeux baissés. Aucun d'eux ne prononçait un mot. Moose était parti depuis longtemps quand il regarda dans les gradins et qu'il se rendit compte qu'ils étaient seuls. « Tu n'es pas obligée de rester, tu sais. »

« Si », elle montra la Zamboni du doigt. « Je dois nettoyer la glace avant de partir. »

Les muscles autour de ses tibias et de ses chevilles étaient douloureux, mais il voulait pousser une dernière fois avant d'en finir pour ce jour-là. « Ça te dérange de faire un sprint avec moi ? »

Elle fronça un sourcil. « Tu es sûr d'être prêt pour ça ? »

« Il n'y a qu'un moyen de le savoir. » Il glissa vers le fond de la patinoire et il se plaça devant la ligne des buts comme un patineur de vitesse attendant le coup de pistolet indiquant le départ. « Dis-moi quand tu es prête. »

Hailey copia sa position sur la sienne de l'autre côté du filet. « C'est bon. À vos marques. Prêts. Partez ! »

Il planta ses lames dans la glace et il s'élança vers l'avant. Les bruits du métal arrachant la glace et les halètements dus à l'effort physique résonnaient dans la grange. Il balança ses bras pour se propulser vers l'avant, les yeux fixés sur la ligne de but située à l'opposé. Au début, il était aux coudes à coudes avec Hailey. Puis elle fit une accélération et elle dépassa en un éclair, sa queue de cheval blonde au vent.

Mais peu lui importait qu'elle gagne leur course informelle. Un élan de joie parcourut ses veines lorsqu'il freina pour ne pas s'écraser contre les balustrades. Il était de nouveau sur la glace, et c'était tout ce qui comptait pour lui.

« Pas mal. » Hailey vint vers lui, les joues roses et les yeux brillants comme si elle savait exactement comment il se sentait. « Pas mal du tout. »

La sensation de brûlure dans ses poumons lui indiquait le contraire, l'empêchant de dire quoi que ce soit.

« Tu me surprends, Ben. »

Elle lui donna un coup de hanche espiègle qui fit perdre tout équilibre à ses muscles fatigués. Elle tendit les bras pour le stabiliser, mais ils s'effondrèrent tous les deux sur la glace. Il appuya son corps contre le sien, ressentant de la reconnaissance pour le fait qu'elle ne porte pas de protections ce jour-là et oubliant toute sa fatigue. Ses seins étaient pressés contre son torse, et son sang afflua directement vers son aine. Sa bouche devint sèche. Il se figea, ne voulant pas s'éloigner d'elle. Le temps n'avait absolument pas émoussé la réaction physique qu'elle provoquait chez lui.

Les pupilles de Hailey s'élargirent lorsqu'elle leva les yeux vers lui, et elle se lécha les lèvres. Elle prit le devant de son T-shirt dans son poing. Au lieu de le repousser, elle l'attira plus près avec un imperceptible hochement de tête.

La brûlure froide de la glace s'évapora lorsqu'il toucha ses lèvres avec les siennes. Il se retint, la laissant diriger. Au début, elle sembla hésitante, comme si elle avait peur d'amener les choses trop loin. Mais à chaque effleurement de leurs lèvres, à chaque coup de sa langue, sa timidité s'évanouissait. Elle devint plus effrontée et plus passionnée alors qu'elle s'ouvrait à lui.

Il sentit un bouillonnement parcourir ses veines. Oui, c'était exactement comme dans ses souvenirs. La seule femme qui le faisait devenir dur avec un seul baiser. La seule femme qui faisait battre son cœur au point que ses pulsations se ressentent jusqu'au bout de ses doigts. La femme qui avait éveillé des désirs qu'il ne savait même pas qu'il avait.

Un d'entre eux produisit un gémissement grave, et les jambes de Hailey bougèrent comme s'ils étaient déjà nus sous les draps. Les hanches de Ben se balancèrent, frottant son érection contre la jonction des cuisses de la jeune femme. Il la désirait plus que jamais. Ses mains mouraient d'envie de se glisser sous son maillot et de caresser sa peau soyeuse, de saisir ses seins ronds et son cul ferme.

Et pourtant il n'alla pas plus loin. Il était satisfait de la laisser diriger, de lui dire jusqu'où les choses pouvaient aller. S'il insistait trop pour avoir du sexe, il risquait de la perdre complètement. Exactement comme avec son patinage, il devait procéder par étape.

Sa queue palpita, l'obligeant à mettre un terme à tout cela avec de perdre le contrôle et de pousser les choses trop loin. « Si on ne fait pas attention, on va faire fondre la glace. »

Elle acquiesça, haletante. « Ouais, je n'arrive plus à sentir mes fesses. »

Il fit un large sourire. Chez lui, rien n'était gelé. Il était vivant et brûlant après ce baiser. Peut-être qu'il devrait accepter son défi pour que les choses passent au niveau supérieur. Qui avait besoin de dîner alors qu'ils pourraient passer directement au dessert ?

Il se leva et il lui tendit la main. À présent c'était elle qui vacillait sur ses patins. Ses yeux étaient sombres et grands ouverts, comme s'il venait juste de la sortir d'un rêve. Une rougeur délicieuse sur ses joues lui indiquant que leur baiser l'avait autant excitée que lui. Il fit une petite danse de la victoire dans sa tête tandis qu'il la guidait vers les panneaux. « Ça va ? »

Elle hocha la tête et elle baissa les yeux. « Et toi ? »

« Ça va. » Pour le moment. Mais si elle continuait à l'embrasser de cette manière...

Oui, il avait définitivement fait des progrès ce jour-là.

« Bien. » Elle se frotta les bras et elle recula, évitant toujours de croiser son regard. « Je dois préparer la patinoire qu'elle soit prête pour l'ouverture avant d'aller chez p'pas. »

Elle était en train de lui demander de partir. Un pincement de défaite vint assombrir sa bonne humeur. Il avait fait des progrès, mais elle continuait de le repousser. « Et je vais sûrement devoir mettre de la glace sur mon genou après avoir patiné. »

« C'est certain. »

Il avait l'impression que sa langue avait doublé de volume quand il trouva le courage de demander : « Est-ce que je peux revenir et partager la glace avec toi demain ? »

Elle finit par lever les yeux, la méfiance qu'il vit en eux éteignit le dernier de ses désirs. Mais elle acquiesça avant de faire volte-face et de patiner vers la Zamboni.

Ben quitta la glace et retira ses patins, la frustration gênant ses mouvements. Il fit courir ses doigts dans ses cheveux et il expira lentement.

Vis juste un jour à la fois.

CHAPITRE HUIT

Hailey leva les yeux du bar au moment où Ben entra dans le Sin Bin. Il la salua d'un rapide hochement de la tête avant de se diriger vers son box habituel.

« Est-ce que je dois te laisser t'occuper de la douze ? », demanda Cindy, les yeux brillants de malice.

« Je ne sais pas - c'est à toi qu'il a laissé quatre-vingt dollars de pourboire. »

« Ouais, et j'ai passé le reste de la nuit à essayer de convaincre Sam de ne pas le pendre par les entrailles. » Elle gloussa comme une fille ayant la moitié de son âge. « Je n'avais jamais réalisé combien il pouvait être jaloux, surtout pour rien. »

« Alors peut-être que je devrais me sacrifier pour l'équipe pour que p'pa et toi vous puissiez rester dans le monde merveilleux du 'ils se marièrent et ils vécurent heureux'. »

« Ne joue pas les effarouchées avec moi, chérie. J'ai vu comment vous vous regardez tous les deux. »

Hailey ressentit une chaleur inconfortable à l'arrière de sa nuque. « De quoi tu parles ? »

« Comme si tu ne le savais pas. » Cindy se pencha sur le bar et fit un grand sourire. « On dirait que quelqu'un a un nouveau partenaire d'entraînement à la patinoire. »

« Des fois je déteste cette ville », marmonna-t-elle avant de lancer son torchon sous le bar. Il était évident que quelqu'un remarquerait la Land Rover garée juste à côté de sa Jeep Cherokee devant la grange. Cela faisait deux semaines que Ben venait tous les matins pour travailler sur son patinage et sur son maniement de la crosse. Et chaque jour, il faisait des progrès. Mais il n'avait pas encore revêtu sa tenue de gardien de but.

Il ne l'avait pas non plus embrassée comme il l'avait fait le premier matin. S'entraîner avec lui était devenu aussi neutre que le fait de s'entraîner avec Moose, et elle suspectait que cela avait un rapport avec le nombre croissant de curieux qui se cachaient sur les sièges pour avoir une chance de rencontrer le grand Ben Kelly. La ville n'avait pas été longue à le reconnaître, même s'il essayait de lisser son apparence.

La chaleur qu'elle ressentait dans son cou se transforma en un picotement irritant. Sa tête avait beau lui dire que c'était une bonne chose, elle avait encore envie se sentir le goût de ses lèvres, le poids de son corps musclé sur elle et la chaleur de ses bras autour de son corps. Le doute l'assaillit. Est-ce qu'elle ne l'intéressait plus ?

Mais lorsqu'elle s'approcha de sa table, le désir bouillonnait dans les yeux de Ben et ses doutes disparurent. Non, elle l'intéressait définitivement toujours;

« Qu'est-ce qui t'amène ici ce soir ? »

« Toi. » Son sourire sexy l'obligea à bloquer ses genoux pour ne pas fondre sur-le-champ. « Et le fait de dîner, bien sûr. »

« Ils ont plusieurs restaurants chics dans la station, tu sais ? »

« Je sais. » Il la fixait comme s'il mourait de faim et qu'elle était la seule au menu qui pourrait le satisfaire.

Il utilisait sur elle la moindre once de charme qu'il détenait, et jusqu'ici cela fonctionnait, même si cela ne lui plaisait pas. Le fait de s'impliquer avec lui était synonyme de plus de soucis que ce qu'elle était prête à gérer. Elle s'éclaircit la gorge et elle glissa une mèche de cheveux rebelle derrière son oreille. « Alors qu'est-ce que tu veux manger ? »

« Pas de pâté de viande ce soir ? »

Mince, il la taquinait. Comment pouvait-il passer de l'homme froid et professionnel qu'il était sur la glace à cet homme chaleureux et séducteur qu'il était ici ? « Je peux demander à Cindy d'en préparer. »

Il secoua la tête et son sourire s'élargit. « Je vais juste prendre un Reuben[11] et une bière. » Il baissa la voix, et il ajouta d'un ton qui envoya des frissons dans la colonne de la jeune femme : « Et peut-être quelques minutes de ton temps quand tu auras une pause. »

Elle hocha la tête sans savoir quoi répondre. Ce ne fut que lorsqu'elle se retira derrière le bar qu'elle se rendit compte qu'elle avait oublié de lui demander quelle bière il voulait. Elle versa une pinte de la dernière bière qu'il avait commandée, et elle attendit que son pouls revienne à la normale.

« Tu as de la fièvre, chérie ? » Cindy plaça une main froide sur la joue de Hailey. « Tu es super rouge. »

« Ça va. » Elle dégagea la main de Cindy et elle amena la bière à Ben.

Il la remercia, son regard s'attardant sur elle tandis qu'elle faisait demi-tour. Lorsqu'elle sortit de la cuisine deux minutes plus tard, il était courbé sur son iPad et il avait des écouteurs dans les oreilles, envoyant des vibrations très claires *ne pas déranger*.

« C'est calme ce soir », dit-elle à Cindy, testant pour s'assurer qu'il n'y avait aucun souci pour qu'elle passe quelques minutes avec Ben.

« À quoi tu t'attends maintenant que les Whales se sont fait sortir aux éliminatoires ? » Ça va être mort ici jusqu'à ce qu'ils recommencent à jouer. »

---

[11] Reuben : un sandwich grillé à base de corned-beef, d'emmental, de choucroute et d'une sauce russe

« Il y a encore quelques personnes ici qui regardent les éliminatoires. » Elle montra du doigt les tables aux trois quarts remplies. « Mais ce n'est définitivement pas la grande agitation. »

« Je suis d'accord. » Cindy lança un regard vers la table de Ben. « Ça ne me gêne pas de garder le fort pendant un petit moment si tu as besoin d'une pause. »

Ses lèvres tressaillirent quand elle entendit l'offre de sa belle-mère. « Si je ne te connaissais pas mieux, je dirais que tu essayes de jouer les marieuses. »

« Qui a dit que j'avais besoin de le faire ? »

Hailey attendit que le Reuben de Ben soit prêt avant de retourner à sa table. Il sourit et il retira ses écouteurs lorsqu'elle posa l'assiette sur la table. « Tu es libre tout de suite ? »

Elle lança un regard à Cindy qui lui fit un clin d'œil en levant les pouces, et elle se glissa dans le box à côté de lui. La chaleur de la cuisse de Ben pénétra sa propre peau et se répandit dans tout son corps, faisant disparaître le moindre désir d'ajouter de l'espace entre eux. « Qu'est-ce que tu voulais ? »

« Je voulais te montrer ça. » Il mit les écouteurs dans les oreilles de Hailey et il tapota sur l'iPad avant de le lui tendre.

L'écran s'alluma en affichant son nom, suivi par un enchaînement de belles actions, toutes chorégraphiées sur le rythme d'une bande son techno. Sa main vola vers sa bouche et ses yeux la brûlaient au moment où les extraits s'arrêtèrent. « C'est merveilleux. »

Ben retira les écouteurs. « Je n'en suis qu'à la moitié, mais je voulais te montrer sur quoi je suis en train de travailler. »

« Non, vraiment, c'est... » Elle ne trouvait plus ses mots tandis qu'elle le regardait droit dans les yeux. La lueur qui brillait en eux lui disait qu'il avait fait cela pour elle, et elle avait du mal à trouver un moyen approprié de lui montrer sa reconnaissance. « C'est plus que ce que j'espérais, mais pourquoi ? »

« En dehors du fait que tu es douée et que tu mérites d'avoir ta chance ? » Il s'approcha d'elle, s'étirant complètement, et il enroula son bras derrière elle le long du haut du box. « Disons juste que j'essaye de profiter au maximum de ma deuxième chance. Je sais que c'est important pour toi, et comme je ne peux pas beaucoup t'aider sur la glace, je peux t'aider par d'autres moyens. »

Attention, ma fille. Tu te rapproches dangereusement du fait de craquer pour lui. Souviens-toi de quand tu avais le plus besoin de lui et qu'il n'était pas là.

Elle déglutit pour faire disparaître la boule qu'elle avait dans sa gorge, puis elle lui tendit l'iPad. C'était le bon moment pour commencer à poser les questions difficiles. « Pourquoi tu as gardé mon mot pendant toutes ces années ? »

Il baissa les yeux vers elle et il fit un autre de ces sourires qui lui donnait envie de l'amener tout de suite au lit. « Je voulais un petit souvenir de cette nuit-là. »

« Alors tu l'as gardé avec toi ? »

Il acquiesça. « Il est resté au fond de mon portefeuille depuis ce matin-là jusqu'à ce que je te le rende. Ça m'a causé du tort avec une de mes petites amies aussi. »

« Laquelle - la mannequin, l'actrice ou la chanteuse ? » Elle se détendit et se pencha plus près de lui. C'était facile de le taquiner, et pourtant elle n'avait ressenti aucune jalousie quand il avait parlé des femmes avec qui il avait été après elle.

« La chanteuse. Elle a même écrit une chanson à propos de ça », dit-il avec un rire ironique. « La seule chose qu'elle voyait, c'était que j'étais resté bloqué sur une femme de mon passé. Elle n'a même pas voulu entendre les vraies raisons qui m'avaient poussé à le garder. »

« Alors tu ne l'as pas gardé à cause de moi ? »

« Oui et non. » Il effleura la lèvre inférieure de Hailey

avec son pouce et il fixa son attention sur sa bouche. « Je voulais me rappeler de toi et de cette nuit-là pour toujours, mais je voulais aussi un rappel qui me fasse réagir si je ressentais l'envie de faire quelque chose de ne pas laisser quelque chose de spécial me glisser encore une fois entre les doigts. »

Une sensation de chaleur remplit la poitrine de la jeune femme et se répandit jusqu'à ses doigts et ses orteils. Il ne l'avait pas oubliée. Mais lorsqu'elle se remémora son explication, un frisson la parcourut, lui rappelant qu'elle devait encore lui parler de son fils. Elle se recula et elle ajouta de l'espace entre eux. « Ben, je... »

Dis-lui !

Mais un tsunami de chagrin prit naissance dans son estomac et noya ses mots. Non, elle ne pouvait pas lui dire. Pas encore. Pas alors que les choses semblaient tellement parfaites.

Lâche !

Mais Jen lui avait dit d'écouter son cœur, et pour le moment son cœur lui disait que ce n'était pas le bon moment. Elle se glissa hors du box et elle fixa son regard sur le sol. « Je dois retourner travailler. P'pa a pris sa soirée, alors il n'y a que Cindy et moi. »

La déception qu'elle lut chez Ben lui serra le cœur autant que la sienne, et cela ralentit le rythme de ses pas lorsqu'elle retourna vers le bar. Jusqu'à ce qu'elle trouve le courage de lui parler de Zach, il y aurait toujours quelque chose qui l'empêcherait de se donner totalement à Ben.

Cindy fronça les sourcils quand Hailey revint pour remplir des verres comme un zombie. « Tout va bien, ma chérie ? »

« Ouais. »

Son froncement s'accentua. « Est-ce qu'il... »

« Non Cindy, ce n'est pas lui... C'est moi. » Elle poussa un verre sur l'étagère, faisant tinter les autres dans un choc discordant. « Tu sais comment je suis avec les hommes. »

« Hailey, ma belle, tu ne peux pas continuer à repousser tous les mecs qui s'intéressent à toi. Tu mérites quelqu'un de spécial. »

« Peut-être, mais pour le moment la seule chose qui compte, c'est ma promesse. » Elle saisit le porte-verres vide et elle sauva dans la cuisine avant que Cindy ne décide d'insister sur la question.

∗∗∗∗

Ben regarda Hailey partir et jura entre ses dents. Il avait presque réussi à la conquérir. Il l'avait vu dans ses yeux, dans son visage, dans son corps alors que ce dernier était collé au sien. Mais ensuite, en un éclair, elle avait fait un virage à 180 degrés et elle s'était enfuie. Si elle avait été une autre femme, il l'aurait accusée de jouer avec lui, mais il avait entraperçu quelque chose avant qu'elle ne parte.

Elle avait peur.

Et si ce que Gus lui avait dit était vrai, alors elle avait des raisons de le faire. C'était une illustration classique du fameux dicton 'chat échaudé craint l'eau froide'. Il serra le poing. Il aurait tout donné pour retrouver l'homme qui lui avait du mal et pour le réduire en bouillie.

Cette pensée lui fit marquer un temps d'arrêt. Il n'avait jamais été du genre à avoir des pensées violentes. D'habitude, c'était son frère Frank qui avait envie de *mettre des raclées*, pas lui. En grandissant, il avait toujours été le pacifiste et le médiateur parmi tous ses frères. En cet instant, ses pensées étaient aussi rouges et remplies de rage que celles de Frank.

Il desserra le poing et il passa ses doigts dans ses cheveux tout en gémissant et en fixant le plafond. Mais qu'est-ce qu'elle était en train de lui faire ?

« Est-ce qu'il y a un problème avec la nourriture, mon chou ? »

Il leva les yeux, et il vit Cindy qui se tenait à côté de sa table. « Qu'est- ce qui vous fait penser ça ? »

« Vous n'avez pas touché à votre plat. »

Le Reuben et les frites avaient refroidi au point de ne plus être appétissants. « Est-ce que je peux avoir un *doggy bag* ? »

« Bien sûr. » Cindy s'affaira derrière le bar avant de revenir un instant plus tard. « Autre chose ? »

Il sortit son portefeuille de sa poche arrière pour payer le repas. « Ça vous dérangerait de me dire pourquoi Hailey continue de me repousser ? »

« Ce ne sont pas mes affaires. » Mais quelque chose dans le ton dont elle avait prononcé ces paroles lui indiqua que s'il posait les bonnes questions, elle pourrait être accepter de partager quelques informations avec lui.

Il décida de tenter sa chance. « Gus m'a dit que Hailey avait laissé passer sa chance de participer aux Jeux Olympique dans le passé parce qu'elle avait fréquenté le mauvais type de mec. C'est pour ça qu'elle ne veut pas sortir avec moi ? »

« C'est vous qui l'avez dit, pas moi. » Elle vida son assiette dans la boîte à emporter.

« Qu'est-ce qu'il lui a fait ? »

Cindy tressaillit comme s'il venait de lui envoyer une décharge avec un Taser. Elle se redressa et elle l'étudia ; sa bouche se tordit et elle fit une grimace. « Tout ça s'est passé peu de temps après que je sois arrivée en ville, alors je ne connais pas tous les détails. »

« Vous pouvez me donner une piste ? »

Elle jeta un œil par-dessus son épaule en direction de la porte de la cuisine avant de se pencher vers lui et de murmurer : « Disons juste qu'il l'a laissée avec plus qu'un cœur brisé. »

Elle ouvrit la bouche pour en dire plus, mais elle la referma en entendant le battement de la porte de la cuisine. Elle se remit à essuyer la table de Ben. « Je vous amène la monnaie ? »

« Non, c'est bon. » Hailey ne regarda pas vers lui quand il se leva de la table. « Je suppose que je vais devoir être patient et attendre qu'elle s'ouvre à moi. »

Cindy acquiesça. « J'ai su que vous étiez un homme bien au moment où j'ai posé les yeux sur vous. Oui, laissez-lui du temps et elle changera d'avis. »

Il sortit du Sin Bin et il démarra sa voiture, son esprit encore concentré sur le petit indice que Cindy avait réussi à lui donner. Qu'est-ce que ce *connard* avait fait en plus de lui briser le cœur ? Des pensées malveillantes refirent surface, et il fit ronfler le moteur de sa Land Rover sur le trajet du retour.

Son téléphone sonna au moment où il arriva à la périphérie de la ville. Il appuya sur le bouton de son Bluetooth pour répondre en priant pour que ce ne soit pas Mac qui l'appelait encore une fois pour prendre de ses nouvelles. « Allo ? »

« Allo, Ben ? », dit sa mère d'une voix chantante de l'autre côté de la ligne. « Est-ce qu'Adam t'a annoncé la bonne nouvelle ? »

« Non. » Mais il soupçonnait que cela avait un lien avec Lia.

« Il est venu à la maison ce soir pendant qu'Amelia était là pour une partie de bridge, et il lui a demandé la main de Lia. »

C'était tellement pittoresque et responsable de la part de son frère aîné. Cela ressemblait à quelque chose qu'Adam ferait. « Et sa mère a dit oui ? »

« Bien sûr que oui. Quelle femme ne voudrait pas d'Adam Kelly comme gendre ? » Sa mère était trop raffinée pour crier de joie, mais l'excitation dans sa voix était à peine contenue. « Il va faire sa demande à Lia ce soir, quand elle rentrera. »

« Il n'y a plus qu'à espérer qu'elle dise oui elle aussi. »

L'envie transparut dans le ton nasillard de sa réponse sèche.

Sa mère ne manqua pas de le remarquer. « Il y a un souci ? »

« Non, pas vraiment, m'man. »

« Tu n'es pas heureux pour ton frère ? »

« Si. »

« Alors pourquoi tu as l'air de ne pas l'être ? »

Il serra les dents et il expira lentement. « C'est juste que j'ai mes propres problèmes. »

« Tu as rencontré quelqu'un ? »

Zut. S'il lui parlait de Hailey, sa mère commencerait probablement à organiser un double mariage. En même temps, il savait qu'elle ne lui laisserait aucun répit s'il ne lui disait pas quelque chose. « Ouais, il y a une fille qui me plaît ici, en ville, mais elle ne veut pas de moi. »

« Pourquoi ? Tu es beau, tu as du succès, tu es gentil... »

« Ça suffit, maman. On dirait que tu te prépares à sortir un panneau d'affichage pour me vendre. Elle ne me dira pas pourquoi, mais d'après les informations que j'ai pu rassembler, elle a beaucoup souffert dans le passé, et elle est un peu méfiante pour ce qui est de s'engager dans une relation. »

« Ne t'inquiète pas, Ben. Si tu la veux vraiment, elle reprendra ses esprits. »

Il tapota sur le volant tout en se demandant combien de temps cela prendrait. « Peut-être. » Il était temps de changer de sujet avant que sa mère ne décide de s'en mêler comme elle l'avait fait avec Adam et Lia. « Et aussi, j'ai recommencé à patiner pour essayer de voir si mon genou peut supporter une autre saison. »

« Quelle merveilleuse nouvelle ! Je savais que je ne devais pas prendre ta menace de prendre ta retraite au sérieux. Tu aimes trop le hockey pour arrêter. »

Et cela n'avait pas fait de mal que sa seule chance de dîner avec Hailey impliquait qu'il revienne au hockey, même si ce n'était que pour un essai. « Ne t'emballe pas trop. Je ne suis toujours pas prêt à jouer. Mais je fais des progrès. »

« Je suis tellement heureuse d'entendre ça. » La voix de sa mère prit l'intonation qu'elle utilisait quand elle voulait assouvir sa curiosité sans être indélicate. « Et cette fille en ville aime le hockey ? »

Il eut un petit rire. « 'Aimer', c'est un euphémisme. »

« Alors on dirait que tu as déjà quelque chose en commun avec elle. Est-ce qu'elle sait qui tu es ? »

« Oui, elle le sait, et ça ne compte pas pour elle. Elle était fan des Whales bien avant que je signe avec eux. » En réalité, une des raisons qui l'avaient poussé à signer avec Vancouver, c'était qu'il s'agissait de sa dernière chance de pouvoir voir une fille avec des cheveux bleus et des fossettes dans le public un soir où il jouait.

« D'accord, j'essayais juste d'aider. J'aimerais vraiment voir tous mes garçons heureux en couple avec la bonne fille. »

Il leva les yeux au ciel. Non, elle voulait juste des petits-enfants, et pour cela elle était prête à jouer les marieuses. « Merci, maman. »

« Aucun souci, mon chéri. Et si tu as besoin de quoi que ce soit, n'hésite pas à m'appeler. »

« Je le ferai. Bonne nuit, maman. »

« Bonne nuit, Ben. Je t'aime. »

« Moi aussi, je t'aime. »

Il raccrocha et il se gara dans l'allée privée de son chalet vide. Pendant un instant, il essaya d'imaginer ce que cela faisait d'avoir quelqu'un qui attendrait qu'il rentre à la maison, d'avoir un corps chaud contre lequel se blottir la nuit et de se réveiller et de voir le visage de la femme qu'il aimait. Mais à chaque fois qu'il essayait de visualiser tout cela, il voyait la même femme.

Hailey.

Il frotta ses yeux avec ses paumes. « Ce n'est vraiment

pas bon. »

Il sortit de son 4x4 avec les restes de son dîner. Une fois à l'intérieur de son chalet, il les fit réchauffer au micro-ondes, puis il ouvrit une bouteille de bière et il but une longue gorgée. Hailey avait réussi à faire plus que le séduire. Si cette soirée devait constituer un quelconque indice, elle avait réussi à se frayer un chemin jusqu'à son cœur. Mais tant qu'il ne gagnerait pas confiance, il serait dans une impasse.

CHAPITRE NEUF

Hailey vida le seau rempli de palets le long de la ligne bleu tout en essayant de penser à autre chose qu'à Ben. Le temps dont elle disposait sur la glace était quasiment écoulé et il ne s'était pas montré ce matin-là.

C'est ce que tu gagnes pour t'être enfuie hier soir.

Elle lança le saut par-dessus les panneaux et elle frappa le premier palet de toutes ses forces en l'envoyant en direction du filet.

Il passa sur la droite du but.

Elle marmonna un juron et elle positionna sa crosse pour le prochain tir. Ben interférait plus avec son entraînement quand il n'était pas là que quand il l'était. Le palet heurta la barre supérieure et passa au-dessus du filet.

Putain !

La porte de derrière s'ouvrit à la volée. Elle se retourna et elle plissa les yeux pour mieux voir la silhouette qui s'approchait. « Ben ? »

Il enfila sa tenue sur la première rangée de gradins. « Tu attendais quelqu'un d'autre ? »

« Non, mais je t'attendais il y a plusieurs heures. »

« Je me suis réveillé en retard. » Il s'assit et il sortit ses protections. « Tu vas honorer ton côté du pari ? »

Le cœur de Lia bondit. Toutes les fois où il était venu s'entraîner, il portait à peine plus que son pantalon et son casque de hockey. « Tu es sûr que tu es prêt ? »

« Non, mais si c'est le seul moyen pour que tu sortes avec

moi, je veux saisir cette chance. » Il tira ses épaulières au-dessus de sa tête et il les attacha. « Laisse-moi juste quelques minutes pour tout enfiler. J'ai vu la force que tu mets dans tes tirs et je n'ai pas envie de partir d'ici avec de nouvelles blessures. »

Couche après couche, il ajouta les éléments de sa tenue de gardien de but. Les patins. Les protections. Le bouclier et le trappeur. Le masque de gardien. Lorsqu'il eut fini, sa carrure déjà impressionnante avait doublé.

Il entra sur la glace en se dandinant. « Laisse-moi un moment pour que je me mette devant le filet avant de commencer, s'il te plaît. »

Elle acquiesça et elle retourna vers la ligne bleue, son cœur palpitant comme un marteau-piqueur. Une partie d'elle voulait savoir si elle était suffisamment douée pour marquer un but contre un des meilleurs gardiens de la NHL. Mais une autre partie se demandait ce qui se passerait s'il arrêtait son tir et si elle devait aller dîner avec lui.

Il fit des derniers ajustements à sa tenue et il s'accroupit devant la ligne de but. « Prêt. »

Elle prit un des palets avec sa crosse et elle chercha des points faibles chez Ben. Elle l'avait suffisamment regardé joué pour savoir à quel point il était rapide avec ses mains. Le cinq trous serait sa meilleure cible puisqu'il était en train de se remettre de sa blessure au genou. Elle doutait qu'il soit capable de descendre en position du papillon si elle tirait dans cette direction.

Ses yeux d'un bleu d'acier étaient rivés sur elle derrière son masque comme s'il était lui aussi en train de l'analyser. Aucun doute, il avait vu assez d'images d'elle en train de jouer pour connaître certains de ses mouvements signatures. Il devait s'attendre à ce qu'elle tire entre ses jambes.

Elle fit glisser le palet d'un côté et de l'autre avec sa crosse en essayant de décider de ce qu'elle allait faire ensuite.

Si elle échouait, elle devrait se joindre à lui pour un dîner et qui sait où cela pourrait mener ensuite.

« Il y en a qui sont morts comme ça », dit-il pour la provoquer et il frappa ses protections.

« Je réfléchis. »

« Tu n'aurais pas le temps de réfléchir si c'était un vrai match. Tire maintenant. »

Il était en train de se préparer pour un tir frappé depuis la ligne bleue, mais est-ce qu'il pourrait bloquer un tir voilé ? Hailey fit un grand sourire et elle patina vers lui, emmenant le palet avec elle.

Il s'enfonça davantage dans la zone du gardien. « Qu'est-ce que tu fais ? »

« Je marque contre le meilleur gardien de la NHL. » Elle fila derrière le but avant de tirer un tir des poignets autour du poteau opposé. Elle leva les mains au moment où le palet descendit dans le filet.

Il frappa sa crosse sur la glace, mais un rire résonnait dans sa voix. « Ok, tu m'en as mis un, mais maintenant je suis prêt. Viens. »

Elle prit un autre palet sur la ligne bleue et elle patina autour de la cage en essayant de voir s'il se laisserait tromper par sa feinte. Il n'était pas dupe, elle ramena donc le palet vers l'arrière et elle leva sa crosse pour tirer de loin. Elle visait son cinq trous, puis elle tira en retenant sa respiration.

Le claquement du graphite contre le métal résonna dans toute la patinoire. Le palet décolla vers l'avant comme un boulet de canon, tout en restant dans la trajectoire de la cible. Les yeux de Ben fixaient le palet. Il retourna sa crosse pour couvrir l'espace entre ses jambes tout en se baissant pour adopter la posture du papillon. Le palet passa derrière la lame et disparut.

Hailey retint sa respiration et attendit.

Puis Ben se redressa et leva son trappeur. « Tu as perdu ça ? »

Il retourna le gant d'attrape et le palet tomba sur la glace.

Elle poussa un soupir. Il avait réussi et maintenant elle devait respecter son côté du pari.

Ben leva son masque, un sourire illuminant son visage, et il la dépassa en retournant vers les gradins. « Rendez-vous à sept heures au Black Bear Bistro. Mets une robe si tu en as une. »

L'excitation et l'appréhension dansait un tango en elle, chacun luttant pour prendre le contrôle. Que cela lui plaise ou non, elle avait un rendez-vous avec Ben Kelly.

****

Ben tourna dans le parking du restaurant à sept heures, s'attendant à moitié à ce que Hailey lui fasse faux bond à la dernière minute. Il avait réservé au Black Bear dans la matinée, avant de se rendre à la grange. C'était un pari, mais cette fois les choses avaient tourné en sa faveur. Il avait arrêté le tir de Hailey et son humeur était au beau fixe pour plus d'une raison. Il était de retour, et maintenant il avait une chance de pouvoir enfin faire passer les choses au niveau supérieur avec elle.

Il aperçut la Jeep Cherokee au milieu de la mer de véhicules luxueux et la tension qui s'était accumulée dans ses épaules depuis qu'il avait quitté la patinoire aux alentours de midi se relâcha enfin. Hailey ne lui avait pas fait faux bond. À présent, il devait juste tout faire pour qu'elle passe un bon moment et espérer que les choses avancent à partir de là.

Il resta bouche bée quand il la vit à l'intérieur, juste derrière la porte. Ses cheveux blonds lâchés tombaient en cascade sur ses épaules comme des rayons de soleil liquides. Elle avait mis une robe qui épousait ses formes et qui lui offrait une vue dégagée sur son décolleté et sur ses longues jambes fines. Une ombre à paupière brillante faisait ressortir ses yeux bleus, et la couleur rose foncé de ses lèvres le suppliait presque de les embrasser. « Waouh. »

Un sourire timide se dessina sur les lèvres de la jeune femme. « Tu n'es pas mal non plus. » Elle passa sa main sur le revers de sa veste jusqu'au pull-over qu'il portait en dessous de cette dernière. « Cachemire ? »

Il acquiesça, toujours en admiration devant sa beauté.

« Bien sûr. » Elle enroula son bras autour du sien. « Allons-y. Je meurs de faim. »

Lui aussi, mais pour une raison totalement différente. Il était prêt à demander l'addition alors qu'on ne leur avait même pas encore montré leur table. Il réussit à bredouiller son nom au maître d'hôtel quand Hailey le mena jusqu'au pupitre, et l'homme les conduisit à travers le restaurant. Des dizaines de regards semblaient les suivre, principalement masculins. Il couvrit la main de Hailey avec la sienne tandis qu'ils se dirigeaient vers le box privé en demi-cercle, puis il plaça une main possessive sur le bas de son dos lorsqu'elle s'assit.

Leurs sièges étaient à peine chauds que le sommelier fit son apparition. « Puis-je vous faire une suggestion, M. Kelly ? »

Il se sentit embarrassé par cette attention. Il était habitué à l'anonymat agréable et confortable dont il jouissait dans la ville, mais il avait dû donner son nom pour obtenir une table dans le plus beau restaurant des environs. Heureusement, il avait pu envoyer la liste des vins à sa future belle-sœur quand il avait appelé Adam pour le féliciter pour ses fiançailles. Il commanda le vin français que Lia lui avait recommandé, et il se détendit lorsque le serveur acquiesça avant de se retirer.

« Tu essaies de me rendre pompette ? », dit Hailey pour le taquiner.

« C'est un repas en six services. Alors à moins que ne prévoies de boire la bouteille cul-sec, je pense que ça va aller. »

Elle serra les lèvres comme si elle essayait de ne pas rire. « Tu viens ici assez souvent pour connaître la liste des vins par cœur ? »

« Non, mais je voulais être sûr de faire une bonne impression devant toi. »

Le visage de Hailey affichait encore une expression déconcertée lorsque le sommelier réapparut avec la bouteille de vin. Après tout un étalage pour ouvrir la bouteille et pour attendre que Ben goûte le vin, ils furent à nouveau seuls.

Hailey but une gorgé de vin. « D'habitude je bois de la bière, mais ce vin est vraiment bon. »

Un point pour Lia. « J'ai été un peu aidé pour le choisir. »
« Oh ? »

« La fiancée de mon frère. Elle a un restaurant à Chicago, et elle s'y connaît bien plus que moi dans tout ça. » Il goûta plus longuement le vin, savourant les arômes fruités et la subtile note poivrée. À la fin, il sentit un goût ressemblant à celui des Red Vines et il sourit. « Je suis heureux de lui avoir demandé conseil. »

« Des recommandations pour la nourriture ? »

« Prends tout ce que tu veux. »

Elle leva ses sourcils. « Et si je commande tout ce qu'il y a sur la carte ? »

« Alors j'espère que tu as assez de place dans ton estomac pour tout ça. »

Elle rit et elle sa cacha derrière la carte. Avant qu'il ne s'en rende compte, le serveur apparut pour prendre leurs commandes. Heureusement, elle ne mit pas sa menace à exécution, même si elle commanda le filet mignon et la queue de homard comme plat principal. Peu lui importait. Il voulait lui offrir un dîner extravagant.

Une fois qu'ils eurent fini de commander, il se rapprocha d'elle. « Est-ce que je t'ai dit à quel point tu es charmante ? »

Une teinte rosée embrasa les joues de Hailey. « J'ai dû emprunter une robe à ma meilleure amie. »

« Elle est magnifique sur toi. » Mais il aurait parié qu'elle était encore plus belle sans. Sa queue réagit en durcissant et il se trémoussa sur sa chaise. « Merci de t'être mise sur ton trente-et-un ce soir. »

« Je ne pense pas qu'ils m'auraient laissée entrer si j'avais porté un de mes jeans », dit-elle en haussant les épaules et en jouant avec ses doigts. « Tu as parlé d'un frère. Tu as d'autres frères et sœurs ?« »

« J'ai six frères. »

Elle écarquilla les yeux. « Six ? »

C'était la première fois qu'il obtenait cette réaction quand il parlait de sa famille. Généralement il n'avait pas l'occasion de parler d'eux, mais avec Hailey il avait envie de le faire. « Ouaip. Adam, Caleb, Dan, Ethan, Frank et Gideon. »

« Et eux aussi ils jouent tous au hockey ? »

Sa question le surprit. « Pour une femme qui sait tout de mes petites amies, tu ne sais rien sur mes frères ? »

Elle secoua la tête. « La seule raison pour laquelle je connais ta vie amoureuse, c'est parce qu'elle finit dans les actualités locales. Sinon, je préfère ne pas m'immiscer dans ta vie personnelle. »

C'était tellement rafraîchissant. Ses précédentes petites amies avaient toutes un lien plus ou moins direct avec ses frères. Gideon lui avait présenté l'actrice, Dan avait joué les entremetteurs avec le mannequin et il avait rencontré la chanteuse pendant un des concerts d'Ethan. Bien sûr, il devrait probablement remercier Caleb pour l'avoir encouragé à suivre Hailey Le soir où ils s'étaient rencontrés. « Qu'est-ce que tu veux savoir ? »

« Je suppose en savoir plus sur toi et sur à quoi ça ressemble de grandir avec six frères. »

La conversation alla bon train ensuite. Il commença par Adam, et au moment où ils en arrivèrent à Gideon, ils avaient bien entamé le plat principal. Contrairement aux femmes avec qui il était sorti avant, elle n'était pas en admiration devant les stars de sa famille. Elle préférait en savoir plus sur eux avant qu'ils ne deviennent célèbres, sur les frères qu'ils étaient, et pas sur comment ils étaient devenus des célébrités. Lorsqu'il eut terminé de partager des histoires sur les facéties de leur enfance, il dit : « Maintenant à ton tour - parle-moi de ta famille. »

Les épaules de Hailey s'affaissèrent et elle détourna le regard, dressant de nouveau un mur autour d'elle. « Il n'y a pas grand-chose à dire. »

Ben serra sa mâchoire. Il n'était pas arrivé aussi loin juste pour qu'elle se ferme de nouveau à lui. « Bien sûr que si. Tu as d'autres frères et sœurs ? »

« Un frère. Il vit à Toronto, près de ma mère. »

« Parle-moi d'eux. »

La panique traversa le visage de Hailey, et pendant un instant il eut peur qu'elle parte du restaurant en courant. Elle s'éclaircit la gorge avant de dire « Il n'y a pas grand-chose à dire. En fait, ma mère et moi on ne se parle presque pas. Avec p'pa, ils se sont séparés quand j'avais quatre ans. »

« Tu sais pourquoi ? »

Elle acquiesça. « J'avais un autre frère, Shawn. Quand il est mort, mes parents se sont juste effondrés. »

« Qu'est-ce qui s'est passé ? » Peut-être qu'il insistait un peu trop, mais jusque-là elle répondait à ses questions. Petit à petit, il allait l'amener à s'ouvrir à lui et à lui faire confiance. Il devait juste procéder étape par étape.

Elle se lécha les lèvres et une partie de la tension semblait avoir disparu d'après sa posture. « Avant que la patinoire ne soit construites, les enfants faisaient des matchs improvisés sur l'étang Fisher en hiver. Un jour, la glace a cédé et Shawn est tombé. »

Un frisson parcourut Ben comme si c'était lui qui était tombé dans l'eau glacée.

« Ma mère disait que c'était de la faute de p'pa parce qu'il nous poussait toujours à jouer. En fait, tu vois, il a joué dans les ligues mineures pendant quelques années, et il serait allé aux Jeux d'Innsbruck si le Canada avait envoyé une équipe. Il a toujours espéré qu'un d'entre nous aimerait le hockey autant que lui et devienne joueur professionnel. Je me souviens de m'man en train de l'accuser d'essayer de reporter ses rêves sur nous et de nous obliger à les réaliser, et de dire que c'était ce qui avait tué Shawn. »

« Il y avait une part de vérité dans tout ça ? »

« Non. » Elle marqua une pause avant d'ajouter : « En tous cas c'est ce que je pense. Comme je l'ai dit, j'avais quatre ans à l'époque, et Shawn avait six ans de plus que moi, alors peut-être que c'était ce qui se passait avec lui. »

« Est-ce que c'est pour ton père que tu es tellement déterminée à entrer dans l'équipe nationale pour les Jeux ? »

La même ombre de tristesse que celle qu'il avait vu sur la crête assombrit le regard de la jeune femme. « Non », dit-elle dans un murmure.

« Alors pourquoi ? »

« Parce que j'ai fait une promesse à quelqu'un. » Elle s'éloigna de lui, mais le gouffre entre eux semblait bien plus large que les quelques centimètres qui les séparaient dans le box. « Écoute, Ben, je n'ai pas envie de parler de ça. » C'est trop personnel. »

Merde. Il n'avait fait que se heurter à un autre mur. Il inspira par le nez et il changea de sujet. « Et ton autre frère ? Celui qui vit à Toronto. »

« Kyle ? » La froideur disparut et elle se pencha de nouveau ver lui. Ils étaient revenus à des sujets de conversation sans danger. « Il est prof de maths à York. »

Il ne manqua pas de faire le lien. « Et c'est comme ça que tu prévois de faire passer la vidéo de tes exploits à l'entraîneur de l'équipe nationale féminine ? »

La bouche de Hailey s'ouvrit, formant un cercle parfait. « Comment tu sais ça ? »

« Parce que j'ai fait quelques recherches de mon côté.

Après tout, je veux que mes vidéos arrivent dans les bonnes mains quand elles seront terminées. »

« Et tu as un meilleur moyen d'entrer en contact avec lui ? »

Ben planta sa fourchette dans le dernier morceau de viande qui restait dans assiette et il fit un grand sourire. « Peut-être. »

« Putain, Ben, c'est important. »

« Comme le dîner. » Il prit son temps pour mâcher. « Je déteste penser que tu étais seulement gentille avec moi parce que je pourrais avoir un lien avec l'entraîneur en chef. »

Elle croisa les bras et elle se rassit en poussant un soupir. Même si elle boudait, il brûlait d'envie de la toucher. « Tu peux être totalement exaspérant des fois, tu sais ça ? »

« Toi aussi. » Il repoussa son assiette et il l'étudia en se demandant s'il se heurterait au même mur s'il lui proposait de rentrer avec lui. « Tu as une idée de ce que tu veux comme dessert ? »

Le sous-entendu transparut dans sa voix avant qu'il ne puisse le retenir, et à en juger par la manière dont ses lèvres s'entrouvrirent, elle l'avait saisi. Elle le fixa du regard, les yeux grands ouverts et remplis de désir, puis elle détourna le regard. « Je suppose que n'importe quel dessert avec du chocolat fera l'affaire. »

Pendant une seconde, il hésita à lui proposer d'acheter du sirop au chocolat en ville et de le ramener chez lui pour le dessert. Il ne pouvait qu'imaginer à quel point ce serait merveilleux qu'elle le lèche sur sa peau.

Il enfonça ses ongles dans ses paumes en espérant que cela forcerait son esprit à se concentrer sur autre chose que sur la douleur qu'il ressentait dans sa queue. Il avait tellement envie d'elle qu'il arrivait à peine à penser clairement. Et pourtant, il savait que s'il insistait trop, elle s'enfuirait. Il y avait quelque chose de trop fragile, de trop nerveux dans la manière dont elle interagissait avec lui.

C'était comme si elle avait peur de se livrer à lui. Cela contrastait totalement avec la fille qui l'avait traîné jusqu'à sa propre chambre d'hôtel neuf ans plus tôt.

« Écoute, Hailey, si j'ai fait quelque chose qui te met mal à l'aise... »

« Ce n'est pas le cas », dit-elle précipitamment en lui coupant la parole. Elle se frotta les bras comme si elle était de nouveau sur la crête. « Je veux dire... Oh merde. »

Elle baissa les yeux, plus concentrée sur un fil qui pendait de sa robe que sur lui. Il retint sa respiration en se préparant pour le coup qu'elle était sur le point de lui assener.

« Si tu t'attends à ce que je sois la même fille sans peur vivant le moment présent que j'étais avant, alors désolée, Ben. Je ne peux plus être comme ça. »

Il attendit qu'elle lui explique pourquoi, mais elle ne développa pas, alors il fit la seule chose qui lui vint à l'esprit. Il prit sa main dans la sienne. « Je le sais. Moi non plus je ne suis plus la même personne. Et pour être honnête, la Hailey que je vois en face de moi me plaît beaucoup plus que celle dont je me rappelle. »

Elle le récompensa par un sourire si éclatant qu'il se demanda s'il n'était pas en train de regarder le soleil. « Tu le penses vraiment ? »

Il acquiesça en retrouvant son assurance. Avant cet instant, il n'avait jamais réussi à dire à une femme ce qu'il pensait, mais avec elle c'était aussi facile que quand il parlait à ses frères. Peut-être même plus car Hailey avait occupé toutes ses pensées au cours des semaines qui venaient de s'écouler. « Tu es plus forte, plus déterminée et plus sûre de toi aujourd'hui, et tout ça te rend encore plus sexy qu'avant. C'est pour ça que j'ai été aussi persévérant et que je suis prêt à être patient. »

Elle enroula ses doigts autour des siens et elle se rapprocha. Ses lèvres étaient à quelques centimètres de celles de Ben quand elle dit : « Merci » d'une voix douce.

« C'est tout à fait normal. » Il combla l'espace qui les séparait et il attendit l'étincelle qui s'allumait en lui à chaque fois qu'il l'embrassait.

Malheureusement, le serveur les interrompit alors qu'il était à un moins d'un soufflé d'elle. Hailey prit la carte des desserts d'une main. Elle laissa l'autre entrelacée avec celle de Ben pendant le reste du repas. Ce n'était pas tout à fait comme cela qu'il avait imaginé que les choses finiraient, mais il ferait avec.

Une fois les desserts terminés, il baissa les yeux vers leurs mains enlacées et il demanda : « Est-ce que ça te dirait de rentrer avec moi dans mon chalet ? »

Elle leva un sourcil et la méfiance assombrit son regard.

« Pas pour cette raison-là », répliqua-t-il avant qu'elle ne l'accuse d'essayer de l'attirer chez lui par la ruse pour coucher avec elle. Il aurait aimé pouvoir accuser le vin pour sa bouche soudain devenue sèche. « Je voulais te montrer la progression de la vidéo sur tes exploits et savoir ce que tu en penses. »

Le sourcil de Hailey ne se baissa pas, mais une fossette apparut sur sa joue. « Je suppose que je pourrais m'arrêter chez toi quelques minutes. »

Le moment de panique s'était envolé. Elle avait accepté de venir et cela lui permettrait de passer encore quelques minutes de plus elle, quelques minutes de plus pour la convaincre qu'il était là pour du long terme.

Il devait juste procéder étape par étape.

CHAPITRE DIX

Hailey suivit la Land Rover de Ben dans la longue allée sinueuse menant au chalet qui surplombait la vallée. En hiver, il devait s'agir de l'endroit parfait pour faire du ski avec un accès facile aux pistes de la station, mais en cette saison estivale elle était entourée de champs de fleurs sauvages dansant dans la brise sous le soleil couchant. Elle arrêta sa voiture derrière lui et elle sortit. « C'est ton chalet ? »

« Ouais. »

« Il fait deux fois la taille de là où je vis. » Elle examina la structure massive avec des fenêtres démesurées et des rondins en bois apparents. « Je détesterais voir ce que tu appelles ton 'chez toi' si tu dis que ça c'est un chalet. »

Il secoua la tête comme s'il entrait dans le jeu d'un enfant curieux, cachant à peine son grand sourire, puis il prit sa main dans la sienne. « Arrête de le regarder bêtement et rentre. »

L'intérieur ressemblait à celui de certaines des autres maisons de vacances des personnes riches et célèbres qui fréquentaient la station. Une gigantesque cheminé suffisamment grande pour que quatre adultes puissent se tenir à l'intérieur. Des plans de travail en granite dans une cuisine démesurée. Des fenêtres allant du sol au plafond offraient des vues à couper le souffle sur les montagnes. Les seules choses qui manquaient au décor, c'était des décorations avec des élans ou des ours. « Pas mal, Kelly. »

« Viens sur la terrasse et regarde le coucher de soleil avec moi. »

Bien sûr, il y avait un jacuzzi sur la terrasse qui la suppliait presque d'y entrer. Elle ferma les yeux et elle imagina ce qui se passerait si elle retirait sa robe trop serrée et qu'elle se glissait dans l'eau chaude. Ben suivrait sûrement son exemple, et ensuite ce qu'elle savait, c'était qu'ils seraient tous les deux nus et enlacés. Son sexe palpita à l'idée qu'il la touche à cet endroit, qu'il glisse sa queue en elle et qu'il la fasse gémir jusqu'à ce qu'elle jouisse dans ses bras.

L'intensité de ses rêves éveillés la fit trembler et lorsqu'elle ouvrit les yeux, elle s'aperçut que Ben était en train de poser une couverture en laine polaire autour de ses épaules.

« Tu as l'air d'avoir froid. » Il se plaça derrière elle pour la protéger de la brise.

Elle avait tout sauf froid. La chaleur du corps de Ben appuyé contre le sien avait fait disparaître la moindre trace de ses frissons. Elle brûlait de désir, d'excitation et d'envie. Elle savait qu'elle jouait avec le feu en le suivant ici, mais elle avait été incapable de dire non.

« Ça va mieux ? »

Elle se pencha vers l'arrière pour être dans ses bras et elle savoura les sensations qu'il éveillait en elle. Ses pensées passèrent de la conscience physique de la présence de Ben à quelque chose de plus profond. Le fait d'être proche de lui avait quelque chose de réconfortant et lui donnait la sensation d'être en sécurité. C'était comme si elle se sentait à sa place avec lui. « Beaucoup mieux. »

« Bien. » Il déposa un baiser sur sa joue et il la lâcha. « Je vais chercher mon Pad.»

Il lui manqua à la seconde où il partit et elle réprima un gémissement. D'une manière ou d'une autre, l'homme qu'elle avait fait le serment de détester jusqu'à son dernier souffle avait réussi à devenir dangereusement proche de se frayer un chemin jusqu'à son cœur. Mais est-ce qu'il aurait envie de rester là s'il apprenait la vérité à propos d'elle ?

Ben apparut un instant plus tard et il lança la vidéo. La musique était toujours la même qu'avant, mais les images étaient plus nettes, plus précises. Non seulement il avait pris ses meilleurs tirs, mais il avait aussi réussi à insérer des scènes dans lesquelles elle faisait des passes et d'autres dans lesquelles elle passait des arrières en étant en possession du palet.

« Je voulais être sûr que l'entraîneur se fasse une bonne idée de tout ce que tu peux faire. » La vidéo se termina et il éteignit la tablette. « Être sûr qu'il sache que tu as tout et que tu n'as pas seulement un renard des surfaces. »

Elle gloussa et elle se rapprocha de lui en espérant qu'il la prenne de nouveau dans ses bras. « J'apprécie vraiment. »

« De rien. Considère ça comme ma pénitence pour avoir tout fait rater entre nous la dernière fois. »

Une sensation de malaise transperça son estomac, envoyant un avertissement glacial dans ses veines. « Qu'est-ce que tu veux dire ? »

Une pointe de peur crispa les traits de Ben, et il s'avança vers le bord du balcon.

Hailey retint sa respiration, attendant que le couperet tombe. Est-ce qu'il s'agissait du moment où il allait lui dire qu'il était au courant pour Zach ? Où il allait lui demander pardon d'avoir nié les connaître ? Et s'il le faisait, est-ce qu'elle serait capable de le pardonner ?

« J'ai juste un regret à propos de la nuit qu'on a passée ensemble, et c'est la raison pour laquelle j'ai gardé ton mot avec moi pendant toutes ces années. » Il frotta sa main sur la rambarde, l'agrippant jusqu'à ce que ses articulations blanchissent. « J'ai fait l'erreur de te laisser filer entre mes doigts. J'aurais dû te demander ton numéro, ton e-mail, quelque chose pour pouvoir garder contact avec toi parce que ce qu'on a partagé cette nuit-là... »

La voix de Ben se brisa, et Hailey fut submergée par des émotions qu'elle n'osait pas nommer et qu'elle ressentait dans son propre cœur.

« Si j'avais juste fait une de ces choses cette nuit-là au lieu d'être un connard égoïste et de m'endormir, peut-être qu'on n'aurait pas gâché neuf années. »

La gorge de Hailey se noua. Pendant toutes ces années, il s'était senti coupable de ne pas avoir pris son numéro pour transformer une aventure d'un soir en quelque chose de plus. Mais elle était tout aussi coupable. Elle alla à côté de lui. « C'est moi qui suis partie sans te laisser le moindre indice sur la manière dont tu pouvais me contacter, Ben. »

« Est-ce que tu as jamais essayé de me contacter quand tu t'es rendue compte de qui j'étais ? »

« Oui, mais à ce moment-là tu étais Ben Kelly, la superstar de la NHL. Même si j'avais pu passer les barrages de toutes les personnes qui te protégeaient, est-ce tu te serais ne serait-ce que souvenu de moi ? »

Il se retourna et il prit le visage de la jeune femme dans ses mains. « Je ne t'ai jamais oubliée, Hailey. Je t'ai laissée partir une fois, mais je jure que cette fois je ne vais pas te laisser t'en aller sans me battre. »

Lui résister plus longtemps aurait été futile. Neuf ans plus tôt, elle avait cédé à son désir pour l'homme sexy qu'elle avait rencontré à un match de hockey. À présent, elle était en train de tomber amoureuse de l'homme qui lui donnait à nouveau le sentiment d'être entière. Elle ferma les yeux au moment même où les lèvres de Ben effleurèrent les siennes, et elle fondit sous son étreinte.

Sa respiration devint haletante tandis qu'il rendait son baiser plus intense. Elle sentait sa faim, sa passion, sa retenue à chaque mouvement de sa bouche. Même s'il la désirait de ton son être, il n'allait pas la forcer. Tout comme cette nuit-là neuf ans plus tôt, il attendait qu'elle décide de jusqu'où les choses pouvaient aller, et en cet instant il était en train d'implorer sa permission.

Elle entoura le cou avec ses mains et elle le rapprocha d'elle. Son corps fondit contre le sien, et même si la couverture était tombée de ses épaules, elle ne remarquait pas l'air frais et piquant. La seule dont elle avait conscience, c'était Ben - le parfum de son eau de Cologne, le léger de goût de fraise de sa langue, le faible grondement de son désir dans son torse alors qu'il tentait de se débarrasser de sa dernière trace de retenue. Les mains de celui-ci allaient de son visage à ses fesses, appuyant contre elle l'arête de chair dure qui se trouvait dans son pantalon.

Un gémissement sortit de la gorge de Hailey, et elle mit fin au baiser en luttant pour retrouver son souffle. Elle avait l'impression d'avoir été fouillée et qu'on l'avait faite tomber. Le monde tournait autour d'elle et elle s'accrocha à Ben pour ne pas s'écrouler sur le sol.

Il glissa la tête de Hailey sous son propre menton. Son cœur battait à tout rompre sous la main de la jeune femme, et ses poumons vociféraient autant que les siens. Ils avaient beau être plus âgés et plus sages désormais, le temps n'avait pas émoussé la manière dont ses baisers la faisaient chanceler et lui donnaient envie de plus.

« Je ne t'ai pas amenée ici dans le but de coucher avec toi, Hailey, mais si tu veux qu'on aille dans la chambre, je ne t'arrêterai pas. »

Une fois encore, c'était à elle de décider. Elle leva son visage et chercha un signe sur celui de Ben. La dernière fois qu'elle avait cédé à la tentation, elle avait fini seule et enceinte, et ses rêves olympiques lui avaient été arrachés. Cette fois, c'était différent. Elle avait fait une promesse à Zach, et elle ne pouvait pas prendre le risque que la même chose se reproduise de nouveau.

Elle le lâcha et elle recula. « Désolée, Ben, mais je ne peux pas. Pas ce soir. »

Ses yeux se fermèrent, mais pas assez vite pour qu'elle

n'entraperçoive pas de la peine dans leurs profondeurs d'un bleu ardoise. Son rejet l'avait blessé, et même si une partie d'elle voulait lui expliquer pourquoi, elle ne parvenait toujours pas à lui parler de Zach.

Tout comme elle n'arrivait pas à lui ouvrir totalement son cœur. Le risque de souffrir était trop élevé.

Mais au lieu d'insister pour essayer de savoir pourquoi, il se contenta de hocher la tête en signe de défaite et de lui tendre son numéro de téléphone. « Est-ce que je peux au moins avoir ton numéro de téléphone alors ? »

« Oui. » Cela, elle pouvait le faire. Il n'y avait aucun danger. Elle saisit son numéro de téléphone portable et elle lui rendit son appareil. « Je devrais probablement y aller et dormir un peu avant l'entraînement de demain. »

Il acquiesça de nouveau, toujours silencieux.

« Est-ce que je te verrai là-bas ? »

Un léger sourire se dessina sur ses lèvres. « Probablement. »

« Bien. » Ses paroles sonnaient faux, comme si elle était d'avoir une conversation avec un étranger, et pas avec l'homme qui menaçait de chambouler tout son monde encore une fois.

Il recommença à fixer l'horizon au-delà de la vallée, la laissant se remettre en question.

Et alors, tu t'attendais à quoi ? Tu ne peux que le rejeter un nombre incalculable de fois avant qu'il abandonne.

Une douleur battait dans sa poitrine lorsqu'elle franchit la porte d'entrée et qu'elle monta dans sa Jeep. Lorsqu'elle l'avait en ville la première fois, elle était certaine qu'il avait nié la connaître après qu'elle l'ait supplié de l'aider. Mais lorsqu'il avait parlé de deuxième chance, de ne pas faire les mêmes erreurs deux fois, elle s'était alors rendue compte que c'était lui qui était en train d'implorer.

Elle tordit ses mains autour du volant, son esprit et son cœur totalement déchirés. À présent c'était elle qui l'interrompait sur sa lancée. Désormais c'était elle qui était la personne froide et sans cœur qui refusait de s'ouvrir à lui. Si elle le l'abandonnait maintenant, est-ce qu'ils auraient encore une autre chance ?

La charge d'émotions serra sa poitrine, lui coupant le souffle et brûlant ses yeux. Depuis la mort de Zach, elle s'était jetée à corps perdu dans le sport, dans sa promesse de rentrer dans l'équipe. En faisant cela, elle s'était complètement fermée. Au début, cela l'avait aidé à gérer le deuil de son fils, mais aujourd'hui cela l'empêchait de s'ouvrir à Ben. Et aussi terrifiée qu'elle puisse l'être, elle ne pouvait pas nier le fait qu'il y avait quelque chose entre eux. Quelque chose d'autre que le sexe. Il battait jusque dans ses parois internes, l'obligeant à les sentir de nouveau et lui demandant de donner à Ben une partie d'elle qui était verrouillée depuis tellement longtemps.

Elle inséra sa clé en essayant de se convaincre que les choses étaient mieux ainsi, mais son cœur refusait de céder. Jen lui avait dit d'écouter son cœur, et en cet instant ce dernier il était en train de lui crier qu'elle était lâche et orgueilleuse. Petit à petit, elle laissa la réprimande la pénétrer. Eh bien, qui ne risque rien n'a rien. Et si elle laissait passer cette opportunité, est-ce qu'elle en aurait jamais une autre ?

Elle sortit sa clé et elle courut vers la maison, et elle frappa à la porte d'entrée. Ben répondit, elle vit la confusion apparaître sur son visage avant de couvrir sa bouche avec la sienne. Elle le poussa à l'intérieur, ses bras s'enroulant avidement autour de lui alors qu'elle fermait la porte d'entrée.

Ben baissa les mains de la jeune femme et il se dégagea. « Hailey, qu'est-ce que... »

« J'ai changé d'avis. » Puis elle l'embrassa d'une manière qui, elle l'espérait, répondrait à toutes ses questions à propos de la raison qui l'avait poussée à revenir. Mais pour faire bonne mesure, elle ajouta : « Où est la chambre ? »

Les yeux de Ben pétillèrent avec une excitation à peine contenue. « Par-là. »

Ils étaient de nouveau dans le couloir de l'hôtel. Se dévorant les lèvres et chacun parcourant de se mains le corps de l'autre. Ils se débarrassèrent de leurs vêtements en montant les escaliers vers la chambre en mezzanine avec des plafonds cathédrales. Cela aurait pu être l'arrière de son 4x4, peu lui importait. La seule chose qui comptait pour elle, c'était le fait d'être avec lui.

Son soutien-gorge suivi sa robe, faisant désormais partie de la piste de vêtements jetés au sol. Ben couvrit un de ses seins avec sa main et il pinça son téton entre ses doigts. Un soubresaut la parcourut, la laissant tremblante et haletante.

Ben eut un petit rire ; sa bouche était près de l'oreille de la jeune femme. « C'est une des choses que je ne pourrais jamais oublier à propos de toi - à quel point tu es réactive. » Comme pour prouver ce qu'il venait de dire, il fit rouler la petite bosse entre son pouce et son index, provoquant la même réaction chez elle.

« Et je n'oublierai jamais combien c'est agréable de te sentir en moi. » Elle chercha sa braguette, mais il lui saisit les mains et il la repoussa vers le bord du lit.

« On aura plein de temps pour ça plus tard. Pour le moment, je vais faire ce que j'aurais dû faire la dernière fois. Je vais prendre mon temps pour te faire venir au point que tu sois tellement satisfaite pour pouvoir bouger une fois que j'aurais terminé. »

Il retira le slip de Hailey dans un mouvement rapide, et il s'agenouilla entre ses jambes. Il caressa ses cuisses avec révérence, se rapprochant de plus en plus de l'endroit qui désirait ardemment d'être touché, mais son regard ne quittait jamais son visage. « Tu es encore plus belle que dans mes souvenirs. »

Un autre frisson la parcourut, mais cette fois cela n'avait

rien à voir avec le fait qu'il la touche. Tout dans cet instant l'excitait, de l'émerveillement dans sa voix à l'intensité de son regard. « Je t'en prie, Ben. »

« Patience. Il plia les jambes de Hailey sur épaules, exposant ses zones les plus intimes. Puis il baissa son visage entre ses cuisses.

Hailey siffla dans un souffle lorsque sa langue s'enroula autour de son clitoris. Au début, elle pensa qu'il était en train de la taquiner, de la tester et de la préparer à accepter la largeur de son membre. Mais à chaque coup de langue langoureux, à chaque mordillement et à chaque succion, il devenait très clair qu'il n'allait pas s'arrêter avant qu'elle jouisse. Elle planta ses ongles dans les draps, sa prise se raffermissant au fur et à mesure que la tension s'enroulait à l'intérieur de son pelvis. Elle mordit sa lèvre inférieure, luttant contre lui, le retenant et refusant de se laisser jusqu'à ce qu'elle ne plus se retenir.

Puis elle vola en éclats.

Il accrocha ses mains aux hanches de la jeune femme, la retenant tandis qu'elle se débattait contre lui, l'amenant à jouir avec sa bouche autant qu'il le pouvait. Lorsqu'il eut fini, les membres de la jeune femme pendaient comme de la gelée, faibles et impuissants. Il la remonta vers les oreillers avec lui et il retira son boxer. La crête dure de son érection appuya contre la douceur du ventre de Hailey au moment où il reposa son poids sur elle. Un autre amant aurait saisi cette occasion pour plonger en elle et prendre son propre plaisir, mais Ben prit le visage de la jeune femme entre ses mains et couvrit les joues de cette dernière avec des baisers légers. « Dis-moi quand tu es prête à continuer. »

Elle était à peine revenue sur terre, mais elle avait suffisamment retrouvé ses esprits pour demander : « Tu as un préservatif ? »

Il sourit et il ouvrit le tiroir de sa table de nuit, sortant un long ruban de préservatifs. « Je pense que ça ira pour la nuit. »

Elle ne put s'empêcher de rire. « Tu étais plutôt optimiste, hein ? »

Il acquiesça et il en prit un. « Je les ai achetés dès que je me suis rendu compte de qui tu étais. Comme ça, si jamais j'avais une deuxième avec toi, j'étais prêt. »

« Et maintenance ta patience a été payante. »

« Ça ne me gêne pas de t'attendre, Hailey. Tu en vaux la peine. »

L'embrasement dans ses mots se répandit en elle comme un feu de forêt, n'épargnant aucun centimètre d'elle. C'était cela être aimée et chérie. C'était ce dont elle avait toujours rêvé mais qu'elle avait toujours eu peur de demander. Et maintenant qu'elle était de nouveau dans les bras de Ben, dans son lit, le bonheur qu'elle avait autrefois eu peur de voir mort reprenait vie.

Il déroula le préservatif et il se plaça devant l'ouverture de son sexe.

Elle ouvrit davantage les jambes et elle inclina ses hanches, impatiente de le recevoir.

Ben entra en elle, permettant à ses parois internes de s'adapter à lui. Lorsqu'il arriva au fond, il ferma les yeux et il serra sa mâchoire. « Oh mon Dieu, Hailey, tu es si bonne. »

« Toi aussi. » La légère douleur due à l'étirement laissa place à un ronflement de plaisir. Il la remplissait totalement, atteignant ses replis les plus profonds, et cela lui rappela tout simplement combien elle aimait le sentir en elle.

« J'étais sérieux quand je parlais de prendre mon temps. Je veux te faire l'amour lentement et doucement. »

La respiration de Hailey se fit difficile, mais cela n'avait rien à avoir avec l'exquise friction dû à ses mouvements en elle. Ce n'était pas seulement du sexe pour lui. Il voulait lui faire l'amour, pas profiter d'une autre aventure d'un soir. Les conséquences de cette déclaration assaillirent les coins de son esprit, mais elle les repoussa. Ce n'était pas le moment de s'inquiéter du passé ou du futur. Elle s'en occuperait le lendemain matin. Pour le moment, la seule chose qui l'intéressait, c'était le présent.

Il posa ses lèvres sur les siennes, leurs langues suivant le rythme de leurs hanches alors qu'ils bougeaient en ne faisant qu'un. Chaque coup de rein était un pur bonheur. Chaque baiser évoquait des promesses murmurées selon lesquelles ce ne serait pas la dernière fois qu'ils seraient unis ainsi. Chaque caresse la suppliait de le laisser entrer dans son cœur.

Elle luttait pour ne pas céder, mais sa lutte était vaine. Elle savait que Ben n'abandonnerait pas. Tout ce qu'il faisait était un plaidoyer pour sa capitulation. Ses baisers devenaient plus accaparants. Ses coups de hanche devenaient de plus en plus rapides et de plus en plus forts. Ses mains exploraient ses courbes prodiguant une attention supplémentaire à ses seins sensibles. La contraction dans son vagin réapparut, seulement cette fois elle se répandit dans tout son corps, faisant plier sa volonté, la brisant, et la forçant pour finir à s'abandonner complètement à lui.

Son nom jaillit de ses lèvres lorsque l'orgasme la submergea toute entière comme un ouragan palpitant. Il était sauvage et farouche, féroce et indompté, implacable dans sa course jusqu'à ce qu'il réclame tout d'elle. Elle n'aurait rien attendu de moins de la part de Ben. Il était le seul homme qui avait su de manière instinctive comment lui donner du plaisir. C'était la récompense pour son pari, pour le fait de lui avoir fait suffisamment confiance pour s'ouvrir à lui.

Il répétait son nom encore et encore, comme un homme pris dans les affres de la fièvre, ses mouvements devenant rapides et frénétiques; Il plongea en elle une dernière fois et il s'immobilisa, son visage tordu en un mélange de plaisir et de douleur. « Hailey », dit-il dans un long gémissement avant de s'effondrer sur elle.

Plusieurs minutes passèrent avant qu'elle ne réalise qu'ils étaient tous les deux en train de trembler. Ben leva la tête et lui offrit un sourire ensommeillé et satisfait. « Peut-être qu'on devrait se glisser sous les couvertures. » Il tira la couette qui était en bas du lit sur le corps nu de Hailey et il la berça tendrement contre lui. « C'était encore meilleur que dans mes souvenirs. »

Une heure avant, elle n'aurait jamais cru possible qu'il puisse surpasser ses performances datant de la fameuse nuit à l'hôtel, mais il lui avait prouvé qu'elle avait tort. Elle hocha la tête, incapable de faire à confiance à sa langue pour ce qui était de former des mots cohérents.

« Tu me promets juste une chose, Hailey ? »

« Quoi ? »

« Réveille-moi avant de partir cette fois. »

Elle sourit et elle se lova dans ses bras, sans même se demander à quel point ils étaient en harmonie. « Je te le promets. »

Elle ferma les yeux et elle se laissa glisser dans un sommeil bienheureux. Alors que le bourdonnement post-orgasmique s'évanouissait, ses rêves prirent leur envol. Zach était en train de courir dans un champ de fleurs sauvages comme celles qui entouraient le chalet de Ben, riant sans se soucier du reste du monde. Sa joie envahit le cœur de Hailey, la contaminant jusqu'à ce qu'elle se sente aussi libre et heureuse que son fils. Ben se tenait à ses côtés, la tenant dans ses bras pendant qu'ils regardaient leur fils en train de jouer.

Dans un monde parfait, les choses se seraient passées de cette manière, son fils serait en vie et son père serait à ses côtés. Zach s'arrêta et vint vers elle, il la prit par la main et il la regarda avec ces yeux d'un bleu ardoise qui ressemblaient tant à ceux de son père. « N'oublie pas », murmura-t-il avant de lâcher sa main et de partir en courant dans les champs.

Les images s'évanouirent dans les ténèbres, lui rappelant qu'il ne s'agit que d'un rêve. Zach était parti et elle devait toujours parler de lui à Ben. La culpabilité et la douleur érodèrent sa joue, déchirant cette dernière jusqu'à ce qu'un sanglot sorte de sa gorge.

CHAPITRE ONZE

Ben fut tiré de son sommeil par le son d'un gémissement de chagrin.

Hailey était étendue, lui tournant le dos, roulée sur elle-même comme une boule tremblante et reniflante.

« Qu'est-ce qui ne va pas ? », demanda-t-il en tendant la main vers elle, mais elle roula hors du lit et elle courut dans la salle de bain. Une minute plus tard, le bruit de l'eau qui coulait couvrit celui de ses sanglots.

Il s'assit et il fit courir ses mains sur son visage. *Qu'est-ce que j'ai bien pu faire cette fois ?*

Il attendit qu'elle ressorte de la salle de bain, qu'elle explique son comportement, mais alors que les minutes passaient, sa confusion et sa frustration ne firent que croître. Il avait essayé d'être patient, il avait essayé de lui laisser de l'espace quand elle avait pris ses distances avec lui, mais sa fierté ne pouvait tout simplement pas en accepter davantage, en particulier quand une femme s'enfuyait en pleurant après qu'il lui ait fait l'amour. Il était temps de poser les questions qui faisaient mal et de ne pas abandonner tant qu'il n'aurait pas de réponses.

Il bondit hors du lit, ses pieds frappant le sol avec la même détermination que dans sa volonté de découvrir la vérité. Il ouvrit la porte de la salle de bain et il se pétrifia.

Hailey état assise sur le coin de la douche, les genoux remontés jusqu'à sa poitrine, son corps mince secoué de sanglots.

Il fut frappé comme si on venait de lui asséner un coup de poing dans le ventre. Pendant tout ce temps, il avait juste vu la joueuse de hockey dure, la femme remplie d'assurance qui suivait toujours ce qu'elle voulait faire. Maintenant, il découvrait une autre facette d'elle. Cette Hailey était fragile et perdue, et ses bras avaient une irrésistible envie de la réconforter.

Elle leva la tête et elle le regarda à travers le verre embué. La terreur brilla dans ses yeux avant qu'elle n'essuie ces derniers avec le dos de sa main et qu'elle ne tourne la tête. Elle lutta pour se relever, s'appuyant sur le mur pour retrouver son équilibre. « Désolée », bafouilla-t-elle.

« Ne t'excuse pas. » Il ouvrit la porte en verre et il entra dans l'eau chaude. « Qu'est-ce qui ne va pas ? »

« Je ne veux pas en parler. »

Elle essaya de le pousser pour passer, mais il la saisit par les épaules et il lui bloqua le passage. « C'est pénible. »

« Laisse-moi passer, Ben. »

« Pas tant que tu ne me diras pas pourquoi tu étais assise dans ma douche en train de pleurer. »

« Ça ne te regarde pas. » Sa lèvre supérieure se retroussa en un rictus et ses yeux bleus lancèrent des éclairs de colère. C'était la Hailey qu'il connaissait, la combattante. Seulement en cet instant, il souhaitait qu'elle disparaisse afin de pouvoir résoudre le mystère de la facette d'elle qu'elle lui cachait.

« Et si je veux que ça le soit ? » Il réduisit l'espace qui les séparait, la bloquant dans un coin de la pièce de manière à ce qu'elle ne puisse pas s'échapper. « Tu comptes pour moi, Hailey. Je veux faire partie de ta vie, mais je ne peux pas le faire si tu continues de te fermer à moi. »

Elle leva son menton, mais le tremblement croissant qui touchait ce dernier démentait son geste obstiné. Ses épaules s'affaissèrent, et les larmes recommencèrent à couler. « Ben, j'aimerais pouvoir... »

Il guida son visage vers lui, et il la regarda droit dans les yeux. « Dis-moi, je t'en prie. »

Elle serra les poings, et pendant une seconde il eut peur qu'elle le frappe avant de lui dire pourquoi elle pleurait. Au lieu de cela, elle frappa le mur carrelé. Un cri sauvage s'échappa de sa poitrine, et son corps se mit à trembler à cause de son combat intérieur, quel qu'il puisse être.

« Désolée, Ben. » Elle baissa la tête et elle enroula autour de sa poitrine. « Je suis restée fermée depuis tellement longtemps que maintenant je... »

Elle semblait de nouveau se replier sur elle-même, mais il se rapprocha d'elle, puis attirant son corps vers le sien, il plaça la tête de Hailey sous son propre menton. « Tu quoi ? »

« Je ne voulais rien ressentir. Je ne voulais pas faire de mal. Alors je me suis plongée dans le sport à corps perdu, dans ma poursuite ridicule d'un rêve, juste parce que j'avais autre chose que la douleur sur quoi me concentrer. Et pendant quelques temps ça a marché. Ça me permettait de me lever tous les jours et de continuer de vivre. Et ensuite tu es revenu dans ma vie et tu as défié cette coquille de torpeur dans laquelle je m'étais enfermée. »

Elle glissa ses bras sous les siens et elle le serra fort. « Ce soir, tu m'as rappelé ce que ça faisait de ressentir des choses - le bien et le mal. Je sais que je ne peux pas avoir l'un sans l'autre, mais tu as fait que ça vaut la peine de prendre le risque. Tu m'as rappelé ce qu'on ressent quand on éprouve de la joie. Tu me donnes envie de balancer mon isolation et de me lier à quelqu'un. Tu me fais me sentir en vie, et même si je suis morte de trouille d'être de nouveau blessée, je te veux toujours. »

Il la serra dans ses bras en espérant que sa force l'aiderait. « Je ne veux pas te faire souffrir. »

« Et tu ne le fais pas. » Elle leva la tête. Son nez et ses yeux étaient rouge parce qu'elle avait pleuré, mais il entraperçut une lueur d'espoir qu'il n'avait pas vu avant sa confession. « Tout est de ma faute. Mais je ne peux pas vivre dans le passé et le laisser dicter mon futur, Ben. Tout ce que je dois faire, c'est accepter ce que j'ai maintenant et le chérir avant que ça ne disparaisse. »

Elle prit les mains de Ben et elle les étreignit entre leurs poitrines en les couvrant avec les siennes. « Tu parles de deuxième chance, mais c'est moi qui devrait en demander une. Je t'en prie, Ben, donne-moi une autre chance et aide-moi à ressentir de nouveau des choses. »

C'en était presque trop pour lui. Si elle avait été une autre femme, il se serait enfui en courant. Mais quelque chose dans sa supplication l'interpelait, l'atteignait dans son cœur et lui donnait le courage d'accepter son défi. Il se pencha vers l'avant et il effleura ses lèvres avec les siennes, attendant de voir si c'était ce qu'elle voulait.

« Plus », murmura-t-elle en l'attirant vers elle. Son baiser cherchait des réponses, du réconfort, un signe montrant qu'il voulait réveiller toutes ces émotions qu'elle avait enfouie.

Ce soir-là, il lui avait fait l'amour jusqu'à ce qu'elle s'abandonne à lui. À présent, c'était à son tour de se donner totalement à elle. Il rendit son baiser plus langoureux, et elle répondit en l'entourant de ses bras et en poussant un faible gémissement. Le désir s'éveillait dans ses veines, et il réalisa brusquement que le besoin de Hailey était aussi physique qu'émotionnel. Elle avait eu peur de l'intimité, mais pourtant elle désirait ardemment le lien qui se formait entre eux.

Il avait dit plus tôt dans la soirée qu'il refusait de la laisser s'éloigner de lui. Maintenant il était testé d'une manière qu'il n'aurait jamais pu imaginer. Les enjeux étaient plus élevés que jamais, mais le fait de lui donner ce dont elle avait besoin semblait plus facile qu'il ne l'avait pensé. Cela n'avait aucun sens. Il mit fin au baiser. « Hailey, qu'est-ce que tu veux de moi ? »

« Je te veux juste toi. » La peur réapparut dans les yeux de la jeune femme et elle se ramassa de nouveau sur elle-même. « Enfin, si tu veux encore de moi. »

Il fit courir son pouce sur sa joue et il s'imprégna de la femme magnifique et compliquée qui se trouvait devant lui. Il était venu à Cascade pour lécher ses blessures et pour faire le deuil sur sa carrière, mais elle l'avait forcé à ramasser les morceaux et à aller de l'avant. Et au milieu de tout cela, il était retombé amoureux d'elle. « Toi aussi tu me donnes à nouveau l'impression d'être en vie. »

« Montre-moi. »

Sa queue bougea et prit vie à ce défi. « Avec plaisir. »

Il l'embrassa de nouveau, la guidant vers le bord de la douche sans briser le contact avec elle, mais de manière à pouvoir prendre le préservatif qu'il avait rangé dans le tiroir situé à côté du lavabo. Un souffle frais déchira la buée lorsqu'il ouvrit la porte en verre. Les tétons de Hailey durcirent contre son torse, et il se pencha pour les réchauffer avec sa bouche.

Elle réagissait toujours de la même manière à son contact - avec un tremblement délicieux qui se transformait en un gémissement impérieux. Il aurait pu continuer ainsi pour toujours en la titillant et en lui faisant murmurer des promesses sensuelles, mais la douleur dans ses testicules exigeait d'être soulagée. Il déroula le préservatif, il la souleva contre la paroi et il plongea en elle.

Hailey cria son nom et entoura sa taille avec ses jambes. « Oui, comme ça. »

Son genou lui semblait plus fort qu'il ne l'avait jamais été tandis qu'il la pilonnait encore et encore. Il lui avait fait l'amour lentement avant et il avait apprécié chaque seconde, mais cette fois, c'était différent. C'était brut, primaire, sauvage. Il l'observa pour déceler tout signe indiquant qu'il allait trop loin dans l'autre direction, mais il ne vit que de l'extase sur son visage.

« Encore », ordonna-t-elle en plongeant ses ongles dans son dos. « Plus fort. Plus vite. »

Mon Dieu, il adorait cela. Il adorait être avec elle. Il adorait le fait qu'elle avait encore envie de donner pleinement à lui. Il adorait les contractions grandissantes de ses parois internes, l'augmentation subtile de la friction à chaque coup de rein, la respiration haletante qui signalaient tous sa jouissance imminente.

Elle vint avec un hurlement qui enflamma son propre orgasme. Celui-ci se propagea en lui comme une explosion, anéantissant ses défenses et troublant sa vision. Des lignes rouges se mirent à palpiter dans son cercle de vision au même rythme que son cœur. Il s'accrocha à elle, en la serrant fort contre lui tandis que le contrecoup le vidait de l'énergie qu'il lui restait. Au moment où il revint sur terre, il était à genoux, toujours enfoncé en elle, et il la tenait contre la paroi, les jambes de Hailey toujours autour de sa taille.

L'eau chaude coulait sur ses épaules et le berçait, le rapprochant encore davantage du sommeil, mais il n'avait pas envie de bouger. Pendant ce moment béni, Hailey était sienne, et il refusait de faire quoi que ce soit qui pourrait ruiner cet instant parfait. Il enfoui son nez dans le creux de son cou et il respira son odeur de propre.

Ce fut Hailey qui bougea la première. Elle brossa les cheveux de Ben avec ses doigts et elle appuya ses lèvres contre son front. « Merci », dit-elle d'une voix douce et satisfaite qui enveloppa la poitrine du jeune homme et qui lui fit oublier de respirer.

Il leva la tête. L'éclat qui émanait du sourire de la jeune femme lui fit tout oublier. Il était en train de tomber amoureux d'elle, et cela ne le terrifiait plus.

« On retourne au lit ? », demanda-t-elle.

Il acquiesça et il la lâcha enfin. Il sentit des pulsations dans son genou quand il se mit sur ses pieds, mais cela en valait la peine. Une fois qu'ils se furent séchés et au moment où ils se glissèrent de nouveau dans le lit, la douleur n'était plus qu'un vague souvenir.

Hailey se blottit près de lui, son bras sur le torse de Ben et sa cuisse posée sur la sienne. Il eut un rire ironique lorsqu'il serra ses bras autour d'elle. Ce n'était une femme qui prévoyait de se glisser hors de son lit dès qu'il aurait les yeux fermés.

Mais est-ce qu'il y avait suffisamment entre eux pour faire que cela dure pour toujours ?

CHAPITRE DOUZE

Le léger parfum de l'eau de Cologne de Ben fut la première chose que Hailey remarqua quand elle retrouva ses esprits. La seconde chose fut la chaleur de sa peau près de la sienne. Elle s'étira et elle commença à rouler pour se lever, mais un bras fort la retint contre le torse du jeune homme.

« Je croyais que tu devais me réveiller avant de partir », la taquina-t-il.

« Un peu possessif, non ? » Mais elle ne lutta pas. Après qu'ils soient de la douche au lit, elle était tombée dans le sommeil le plus serein qu'elle ait connu depuis des années. Un large fardeau avait quitté ses épaules, et son cœur la pressait de s'ouvrir à Ben. Elle se sentait enfin prête à lui parler de Zach, mais avant cela elle avait envie de rester encore un peu dans ses bras.

« Je t'ai prévenu, je ne vais pas te laisser filer en douce. » Il glissa ses doigts dans ses cheveux et le long de sa colonne dans un mouvement long et doux qui menaçait de la replonger dans le sommeil.

« Je suis contente d'entendre ça. » Elle se pelotonna contre lui, écoutant le rythme régulier de son cœur tandis qu'elle rassemblait son courage. « Ben, il y a quelque chose que j'attendais de te dire. »

Les mains du jeune homme continuaient de parcourir son dos de manière toujours aussi nonchalante, ne révélant aucun signe de peur ou d'hésitation. « Quoi ? »

Elle prit une profonde inspiration. Le moment était

arrivé. C'était sa chance. Elle ouvrit la bouche, mais la sonnerie distante de son téléphone la réduisit au silence; Elle leva la tête pour le trouver, mais son regard se posa sur le réveil. 10:47. « Merde ! Je suis en retard ! »

Ben resta dans le lit pendant qu'elle courant dans la pièce à la recherche de ses vêtements. « J'espère que le retard n'a rien à voir avec tes règles. »

Son ventre se contracta, vidant l'air de ses poumons. Il espérait qu'elle n'était pas enceinte, même s'ils venaient juste de coucher ensemble. Qu'est-ce qu'il dirait si la nouvelle à propos de ses règles absentes arrivait neuf après les faits ? Elle remit son slip tout en essayant de rester calme. « Non. Je suis en retard pour un cours que je donne à la grange. »

« Un cours ? »

« Oui, en fait techniquement je n'ai pas le temps d'entraîner une équipe, mais de temps en temps, je donne des cours sur les tirs et les passes. » Elle avait commencé au moment où Zach avait été suffisamment grand pour commencer à jouer au hockey et elle avait continué à le faire même après qu'il soit tombé malade parce qu'il le lui avait demandé.

Elle prit son téléphone et elle rappela le dernier numéro.

Gus lui déchira le tympan à la minute où il répondit. « Où tu es, Erikson ? »

« Je me suis réveillée en retard. » Elle passa sa robe au-dessus de sa tête. « Je suis là dans quelques minutes. »

Deux mains arrivèrent plus vite qu'elle à la fermeture éclair. « Tu vas jouer au hockey dans cette tenue ? », murmura Ben dans son autre oreille.

Elle lutta contre l'envie de dire à Gus qu'elle ne viendrait pas du tout pour pouvoir à nous traîner Ben vers le lit.

« Ok, je vais travailler avec les gamins, mais arrive aussi vite que possible. Ils deviennent agités. » Gus raccroche, et Ben l'attira dans ses bras.

« Il a l'air énervé », dit-il tout en continuant à planter des baisers le long du cou de Hailey.

« Il l'est. » Elle se retourna pour l'embrasser rapidement avant de se dégager de son emprise. « Il a une patinoire remplie de débutants qui m'attendent pour commencer à s'entrainer. »

« Tu as besoin d'un coup de main ? »

Pour la seconde fois en l'espace de quelques minutes il la laissa sans voix. « Tu proposes d'aider ? »

Il acquiesça. « Peut-être que je ne suis pas aussi souvent devant le but, mais je me souviens de quelques petites choses des jours où je jouais. Et si ça rate, je peux toujours proposer de signer quelques autographes. »

« Oh, j'avais oublié que tu étais M. la superstar de la NHL », dit-elle avec un rire. « Si je ne te connaissais pas mieux, je dirais tu aimes à nouveau la glace. »

Une grimace traversa le visage de Ben, mais il ne dit pas un mot tandis qu'il tendait la main pour prendre son jean.

Mais il avait raison à propos du fait qu'elle ne pouvait pas jouer dans la robe qu'elle avait empruntée à Jen pour le dîner. « Je fonce chez moi, je me change et je te retrouve à la patinoire. »

Elle partit en courant vers la porte avant qu'il n'ait le temps de lui proposer de la conduire. C'était une chose de dormir avec lui. C'en était une autre si toute la ville le savait. Pour le moment, la discrétion était sa meilleure amie, en particulier tant qu'elle devait encore trouver le courage de lui parler de Zach.

Lorsqu'elle pénétra dans le parking de la patinoire, il l'attendait derrière la porte en ne tenant que ses patins.

« Comment ? Pas de protections aujourd'hui ? », demanda-t-elle en sortant son propre équipement de l'arrière de la Jeep.

Il secoua la tête. « Non, je ne suis pas encore à cent pour cent. »

« Tu avais l'air très bien hier. »

« Hier, je l'ai juste fait parce que je voulais un rendez-vous avec toi. Mon genou n'est pas prêt à bloquer des tirs toute la matinée. » Les muscles de la mâchoire de Ben se contractèrent au moment où il entra dans la grange, et son cœur s'arrêta de battre. Il était encore en train de se cacher derrière sa blessure.

Hailey laça ses patins en un temps record et elle alla sur la glace pour rejoindre le groupe d'enfants impatients âgés de sept à neuf ans, mais dès que Gus vit Ben derrière elle, il dit : « Hey les enfants, regardez qui Hailey a amené avec elle - Ben Kelly ! »

Les enfants se mirent à applaudir et ils entourèrent Ben. Ses yeux s'élargirent dans une pure terreur, et il agrippa les balustrades comme s'ils cherchaient tous à l'éliminer. Certains enfants s'écrasèrent contre le mur derrière lui, mais aucun ne le toucha. Leurs voix haut perchées posaient des questions plus rapidement qu'une ligne bleue de palets pendant un entraînement aux tirs.

Tu peux jouer avec nous ?

Tu connais untel et untel ?

Est-ce que je peux avoir un autographe ?

Est-ce que tu reviens à la prochaine saison ?

Ben pouvait à peine prononcer un mot avant d'être bombardé par la question suivante, mais lorsqu'un des enfants le questionna à propos de son retour, son visage pâlit et il bredouilla.

Il était pour Hailey de venir à son secours. « Ok les joueurs, ça suffit. Vous pourrez parler à M. Kelly après l'entraînement. »

Leurs sourires étaient inestimables lorsqu'ils patinèrent vers le centre de la patinoire. Tout comme celui de Zach quand il avait rencontré Patrick, un des joueurs des Whales. Est-ce que Ben avait la moindre idée de ce que sa simple présence représentait pour ces enfants ?

Elle les fit commencer par une série de passes, puis elle

vint vérifier qu'il allait bien. « Désolée pour Gus. »

Il continuait à lacer lentement ses patins. « C'était inévitable. En plus, c'est moi qui ai proposé de venir. »

« J'espère qu'ils n'ont pas été trop envahissants. »

Il secoua la tête, puis il marqua une pause. « Enfin, peut-être un peu. Les enfants me font peur. C'est une des raisons pour lesquelles j'ai toujours refusé les invitations d'un de mes coéquipiers à l'accompagner à l'hôpital pour enfants. »

Une douleur aigüe transperça sa poitrine et les larmes montèrent aux yeux de Hailey. Et s'il avait accepté cette invitation, juste une fois ? Est-ce qu'il aurait fait la connaissance de Zach ? « Tu n'es pas obligé de rester tu sais, surtout si les enfants ce n'est pas ton truc. »

Elle commença à s'éloigner, mais il prit sa main et il l'attira de nouveau vers les balustrades. « Ce n'est pas ce que je voulais dire. »

« Alors qu'est-ce que tu voulais dire quand tu as dit que les enfants te faisaient peur ? »

« Ils me font peur. Ils sont tellement petits et surexcités, et après toi, et j'ai peur de faire un faux pas et de les blesser. »

« Ce sont des enfants, pas des Chihuahuas. »

« Hailey. » Il dit son nom comme s'il la suppliait de l'excuser et il enroula sa main contre son torse. « J'ai dit quelque chose qui t'a énervé, n'est-ce pas ? »

« Qu'est- ce qui vous fait penser ça ? »

« Parce que j'ai l'impression que tu hésites entre me mettre une baffe et pleurer. »

Elle cligna des yeux pour repousser ses larmes. Il commençait à trop bien lire en elle. Mais une chose était sûre - elle ne pouvait pas lui parler de Zach pour le moment. Il remercierait surement son étoile d'avoir frôlé la catastrophe.

« Je dois retourner à mon cours, Ben. Mon retard était déjà suffisamment problématique. Je n'ai pas besoin de concentrer toute mon attention sur toi alors que je suis supposée être là pour eux. » Elle détacha sa main de la sienne et elle retourna vers les enfants, et elle passa le reste de l'heure à l'ignorer.

Mais lorsque le cours prit fin, Ben était encore là. La seule chose, c'est qu'au lieu de se cacher au milieu des sièges comme elle pensait qu'il allait le faire, il était allé sur la glace et il parlait aux trois enfants qui occupaient le poste de gardien. Il se plaça derrière l'un d'entre eux et lui dit quelque chose doucement comme s'il lui montrait comment utiliser la crosse et le trappeur pour bloquer les tirs vers le cinq trous. Le gamin assouplit ses genoux dans la position modifiée du papillon et Ben lui tapa dans la main lorsqu'il se redressa. Son sourire reflétait celui de l'enfant, et le nuage noir qui planait au-dessus de Hailey pendant l'entraînement commença à se dissiper.

Les autres enfants patinèrent vers Ben, mais cette fois il ne paniqua pas. Il répondit à leurs questions avec la même réserve dont il faisait preuve avec la presse, tout en se déplaçant vers le bord de la patinoire à chaque réponse. Lorsqu'il atteignit les sièges, les parents fondirent sur lui, certains tendant des marqueurs indélébiles pour que Ben signe des autographes. Une bonne quinzaine de minutes s'écoulèrent avant qu'elle puisse enfin l'avoir pour elle seule.

Elle ferma la porte d'entrée lorsque le dernier joueur sortit. « Je suppose que tu ne pourras plus te cacher ici plus longtemps. »

« C'était inévitable. » Il retira un patin et il fixa ce dernier du regard. « Tu sais, ce n'était pas aussi terrible que je le pensais. »

« C'est-à-dire ? », demanda-t-elle tout en commençant à retirer ses protections.

« Ne te méprends pas - les gamins me font peur. Mais en petit nombre, ils ne sont pas aussi terribles que ça. »

« Dit l'homme qui a grandi avec six frères. »

Il eut un petit rire et il délaça son autre patin. « En fait, je pourrais vouloir un ou deux enfants un jour. Pas tout de suite, mais un jour. »

Et d'un seul coup, l'humeur de Hailey s'assombrit de nouveau. *Et si tu découvrais que tu en as déjà eu un ?*

Elle rangea son équipement dans son sac. « Je dois aller travailler. Il y a des éliminatoires, donc le bar va être plein. »

« Attends. » Il l'attira vers elle pour l'embrasser au moment où Gus démarra la Zamboni. « Tu veux passer ce soir ? »

Son esprit hésita. Elle avait beau avoir envie de passer une autre nuit dans ses bras, elle devait encore accepter de lui parler de Zach. Tout ce qu'elle avait pu voir dans la matinée lui indiquait que Ben n'était pas prêt pour recevoir cette bombe. « On verra comment je me sens après le boulot. »

« Je veillerai pour toi. »

Hailey jeta son équipement à l'arrière de sa Jeep et elle démarra le moteur, mais les paroles de Ben tournaient encore dans son esprit. *Pas tout de suite, mais un jour.*

Peut-être qu'elle devait juste lui laisser plus de temps. Lorsqu'elle sentirait qu'il serait prêt à apprendre l'existence de son fils, alors elle lui parlerait. Mais pour le moment, elle devait attendre.

****

Ben s'étendit sur le canapé avec une bière et il alluma la télévision. Hailey l'avait appelé dix minutes avant pour lui dire qu'elle venait et il était impatient de la revoir, ne serait-ce que pour en savoir plus sur ses actions à la patinoire le matin même. Elle était une vraie contradiction en elle-même. Une minute il avait enfin l'impression d'avoir fait tomber ses barrières, et l'instant suivant elle revêtait de nouveau cette expression douloureuse qui menaçait de faire disparaître toute trace de joie dans le cœur de Ben.

Il voulait qu'elle s'ouvre à lui. Il voulait savoir ce qu'il avait dit ou ce qu'il avait fait pour la blesser afin de ne plus le refaire. Mais elle refusait de le lui dire. Au lieu de cela, elle fuyait en utilisant son travail comme excuse.

Il l'avait observé avec les enfants. Elle était un entraîneur inné, et il était évident qu'ils l'adoraient tous. Elle était le genre de femme qui ferait une bonne mère un jour. Et même si cela le surprenait, il voulait être l'homme qu'elle choisirait comme père de ses enfants. Une fois qu'il avait pris conscience de cela, il s'était fait violence pour surmonter sa propre peur des enfants.

Il zappa jusqu'à trouver la chaîne sportive qui diffusait un récapitulatif des éliminatoires de la journée. Les projecteurs continuaient de zoomer sur un joueur de Boston qui bloquait un tir et qui fut heurté par le palet. L'expression d'agonie sur son visage atteint Ben de plein fouet et lui fit oublier Hailey. Les images tournaient en boucle : le joueur recevant le choc, les yeux fermés sous la douleur et la bouche ouverte dans un cri silencieux.

Le cœur de Ben battit à tout rompre lorsqu'ils montrèrent le joueur en train de quitter la glace en protégeant sa jambe. Puis l'écran revint sur les reportèrent qui continuaient à commenter la blessure. Il saisit les mots « jambe cassée », et la douleur dans son genou s'embrasa.

Son esprit lui criait de changer de chaîne tandis que les commentateurs continuaient de parler de certaines des autres blessures graves de la saison, mais il n'arrivait pas à détourner les yeux. Il fixait son propre visage sur l'écran. Il eut le souffle coupé quand il réalisa ce qu'ils étaient sur le point de montrer. Le temps sembla se ralentir au moment où ils repassèrent les images de cette nuit-là, trois mois plus tôt. Il se tenait devant le but, arcbouté en prévision de l'impact tandis que l'autre joueur arrivait vers lui à toute vitesse. Il levait sa crosse et ses gants pour essayer de diffuser une partie de l'impact. La crosse du *fumier* accrochait son patin et le tirait vers l'avant. La même expression d'agonie tremblait sur son propre visage pendant une demi-seconde avant que le joueur ne le percute.

Le ventre de Ben se noua et de la sueur perla sur son front. Il avait peu de souvenirs de cette nuit-là en dehors de ce qu'on lui avait raconté. Il avait vu la photo montrant la collision, mais il n'avait jamais vu les véritables images. Et à présent, il avait l'impression de tout revivre. Ses muscles se bloquèrent. La douleur explosa dans son genou et courut dans toute sa jambe. Sa vision devint floue. Quelque part au loin il entendit quelqu'un appeler son nom, mais ses lèvres refusaient de lui obéir.

Pourquoi moi ? Qu'est-ce que j'aurais dû faire différemment ? Qu'est-ce que j'aurais dû faire pour empêcher ça ? Est-ce que je pourrai revenir un jour ?

C'était les mêmes questions qu'il s'était posé encore et encore pendant les jours qui avaient suivi sa blessure. Et tout comme avant, il n'avait aucune réponse.

Deux mains froides touchèrent ses joues et une ombre se plaça devant l'écran. « Ben, regarde-moi. »

Lorsque sa vision redevint claire, il vit Hailey qui se tenait à côté de lui. Un tremblement monta dans sa gorge. Il serra ses lèvres de toutes ses forces pour l'empêcher de s'en échapper.

Elle prit la télécommande dans sa main et elle éteignit la télévision avant de le prendre dans ses bras et d'appuyer l'oreille de Ben contre sa poitrine. Son cœur battait au même rythme vertigineux que le sien. « C'était la première fois que tu voyais ce qui s'est passé ? »

La seule chose qu'il réussit à faire fut de hocher la tête.

« Je suis désolée. » Elle fit courir ses doigts dans ses cheveux, chacune de ses caresses faisant fondre la peur glaciale qui le maintenait prisonnier. « Je sais que ça t'a fait un choc. »

« Je ne peux pas », réussit-il enfin à murmurer. « Je ne peux pas y retourner. »

« N'importe quoi. » Elle le força à lever le menton et elle lui lança un regard sévère qui aurait rendu Mac fier. « Ce n'est pas une blessure qui va détruire ta carrière, Ben. »

Il la repoussa et il se leva, sa jambe hurlant au moindre élancement. « C'est facile pour toi de dire ça. Ce n'est pas toi qui a eu le genou détruit. »

« Non, mais je sais à quoi ça ressemble de voir mes rêves détruits en quelques secondes. Contrairement à toi, je n'ai pas eu peur de revenir et de continuer à essayer. »

Une nouvelle émotion brûla en lui et remplaça sa terreur - la honte. « Putain, Hailey, ne me compare pas à toi. »

« Ce n'est pas le cas. Mais je sais que tu te caches derrière ta blessure. »

Son genou craqua quand il mit du poids dessus, interrompant ses pas tandis qu'il essayait de quitter la pièce. « Je me suis explosé le genou, Hailey. Ce ne sera plus jamais comme avant. »

« Et pourtant ton genou allait bien quand tu as bloqué mon tir hier, et aussi quand tu m'as baisée dans la douche hier soir. » Elle bloqua sa fuite et elle pointa son doigt vers sa jambe blessée. « Je t'ai observé depuis que tu es revenu dans ma vie. Tu ne boîtes que quand on te met au défi de revenir sur la glace. Sinon ton genou va aussi bien qu'il y a trois mois. »

Il avait l'impression que la pièce rétrécissait autour de lui. Ses accusations le harcelaient, le faisant suffoquer jusqu'à ce qu'il ne puisse plus lutter contre elles. « Qu'est-ce que tu veux que je dise, Hailey ? Que j'ai peur d'y retourner ? Que je vis dans la peur que la prochaine fois ils ne puissent pas me remettre d'aplomb ? »

« Oui, parce qu'une fois que tu auras accepté ta peur, tu pourras commencer à lui faire face. » Elle prit sa main dans la sienne.

Un élan de paix coula en lui au moment où elle le toucha, et il prit sa première véritable profonde inspiration depuis la rediffusion des images. « Et comment je fais pour y faire face ? »

« Un jour à la fois. »

La voix de Ben craqua sous le poids de son incertitude. Est-ce que c'était vraiment aussi simple ? Est-ce qu'il pourrait un jour revenir sur la glace et ne pas être paralysé par la peur au moment où il verrait un joueur en train de se précipiter vers lui ? « Et si je ne la surmonte jamais ? »

« Tu y arriveras », dit-elle avec une assurance telle qu'il la croyait presque. Elle appuya ses lèvres contre les siennes dans un doux baiser. « Tu aimes trop ce que jeu pour ne pas y arriver. »

Il appuya son front contre le sien, ses défenses faiblissant. « Et si je ne rejoue jamais ? »

« Alors ce sera ta décision, mais je ne veux pas que tu la prennes parce que tu as peur. Si tu décides de prendre ta retraite, fais-le seulement avant d'avoir essayé une dernière fois. »

Un frisson d'espoir transperça ses doutes et réchauffa son cœur glacé. « Si tu penses que je peux le faire... »

« Je sais que le peux, Ben. Et je serai là pour t'aider à chaque étape. »

Elle l'embrasse de nouveau, et cette fois son baiser fit s'envoler l'obscurité dans son esprit. Il se perdit dans le confort de ses bras, dans la passion que cette femme magnifique pouvait lui inspirer. Il avait été plus que brisé physiquement, et pourtant elle voulait l'aider à guérir dans tout ce qui comptait. « Je ne mérite pas ça. Je ne te mérite pas. »

« Laisse-moi en juger », répondit-elle avant de couvrir sa bouche avec la sienne.

Ce baiser était plus brut et plus gourmand que les précédents, ravivant le désir que Ben que ressentait pour elle jusqu'à ce qu'il ne puisse plus penser à autre chose. Sa queue durcit et il conduisit Hailey jusqu'à la chambre. « On pourra parler de ça demain matin. »

« En effet. » Elle retira le T-shirt de Ben et elle entoura ce dernier de ses bras. « Pour l'instant, je veux te prouver que je te veux, peu importe ce que tu décides. »

Il sourit et il la souleva pour la déposer sur le lit, la douleur s'évanouissant de son genou. « Alors n'hésite pas, je t'en prie, fais-le. »

CHAPITRE TREIZE

Un palet traversa les airs, volant vers l'espace situé au-dessus de l'épaule de Ben. Il leva son gant et il l'attrapa avant qu'il ne touche le filet, et un sourire se dessina sous son masque. « Ça fait huit », lança-t-il, taquin.

Hailey frappa la glace avec sa crosse. « Si j'avais su que tu seras aussi bon aussi vite, je n'aurais jamais fait ce pari avec toi. »

Il fit basculer son masque vers l'arrière et il patina vers elle. Trois semaines s'étaient écoulées depuis qu'il avait bloqué son tir pour la première fois et qu'il l'avait invité à dîner, et à présent elle était dans son lit quasiment toutes les nuits. Il enroula son bras autour de sa taille et il l'attira vers lui pour l'embrasser. « Pourquoi tu as fait ce pari avec moi ? »

« Je pensais que c'était évident. Tu aimes la glace, Ben. Tu aimes le sport. Tout ce que j'avais à faire, c'était de te donner le petit coup de pouce final pour que tu y reviennes. »

« Et pour ça, je te remercie. » Et il couvrit ses lèvres des siennes en pensant à combien elle en était venue à compter pour lui. Elle n'était plus la fille qui lui avait permis de vivre la meilleure nuit de sa vie, même si le sexe était toujours renversant. Elle était une femme qui le calmait quand il était frustré par son genou, qui soulageait ses muscles douloureux avec des messages qui se finissaient généralement par lui étendu nu à côté d'elle, qui le défait de s'améliorer chaque jour, que ce soit sur ou en dehors de la glace.

Et pourtant, de temps en temps, il avait le sentiment qu'elle reculait, tout comme elle était en train de le faire en cet instant. Elle mit fin au baiser et elle patina jusqu'au palet qui était tombé sur le sol, laissant un froid dans son sillage. « Qu'est-ce qui ne va pas ? »

« Qui a dit que quelque chose n'allait pas ? »

Il l'intercepta. « Je pense que je te connais assez maintenant pour savoir quand tu me caches quelque chose. » Il posa sa main sur l'épaule de la jeune femme. « Souviens-toi, je veux savoir ce que tu ressens - le bon et le mauvais. »

Elle se dégagea et elle fit glisser le palet de l'avant vers l'arrière avec sa crosse en lui tournant le dos. « Tu es presque en état de rejouer. Je suis sûre que ce n'est qu'une question de temps avant que tu ne rentres à Vancouver et que tu me laisses ici. »

À présent, c'était elle qui avait peur d'être abandonnée. « J'étais sérieux quand je disais que je ne voulais pas te laisser partir. Quand je rentrerai à Vancouver, je veux que tu viennes avec moi. »

Les épaules de Hailey se contractèrent et le palet s'immobilisa. « Je ne peux pas. »

« Bien sûr que si. » Il réduisit l'espace qu'il y avait entre eux et il l'obligea à se retourner, mais elle ne leva pas les yeux pour croiser les siens. « Et pourquoi ? »

« Pour commencer, je dois continuer à m'entraîner. »

« Qui a dit que tu ne pouvais pas t'entraîner à Vancouver ? Je suis sûr que je peux m'organiser pour que tu passes autant de temps que tu en as besoin sur la glace. »

« Mais qui prendra ma place au Sin Bin ? P'pa a besoin de moi. »

« Je suis sûr que je peux embaucher quelqu'un pour faire le service. » Il leva son menton pour qu'elle ne puisse dérober son regard et il le vit de nouveau dans ses yeux - ce même mélange de chagrin, de culpabilité et de peur qu'elle avait eu ce soir-là dans la douche. « C'est quoi la raison pour laquelle tu ne veux pas venir avec moi ? »

Elle ferma les yeux. « Je ne peux pas me permettre d'être distraite par quoi que ce soit en ce moment, Ben. »

« Et c'est ça que je suis pour toi ? Une distraction ? »

« Non ». Mais cela n'empêcha pas Hailey d'ajouter de la distance entre eux. « Mais comme je te l'ai dit, c'est ma dernière chance d'aller aux Jeux et je dois rester concentrée. Je ne peux pas m'inquiéter de devoir dire à p'pa que je démissionne ou de faire mes bagages pour déménager à Vancouver. Peut-être qu'une fois que l'équipe nationale aura été désignée, peut-être qu'on pourra en parler, mais je ne peux tout simplement pas le faire maintenant. »

Il serra la mâchoire tandis qu'elle s'éloignait en patinant. Ses arguments étaient tous valides, mais il ne pouvait se débarrasser du doute qu'il avait à propos qu'elle lui cachait autre chose. « D'accord, je peux attendre. »

Mais cela ne voulait pas dire qu'il devait attendre en silence. Il connaissait un moyen de lui forcer la main, et c'était aussi simple que de passer un coup de fil et d'envoyer un e-mail.

****

Ben fixa le numéro dans liste de contacts pendant plusieurs secondes avant d'appuyer sur le bouton d'appel. Il y eut plusieurs sonneries avant que Mac ne réponde.

« Hey, Ben, comment va ton genou ? »

Son entraîneur ne manquait jamais une occasion d'aller droit au but. « Mieux. J'ai fait quelques tirs et ça se passe bien. »

« Alors ça veut dire que tu es d'attaque pour jouer en septembre ? »

Il s'attendit à une crise de panique à la pensée de rejouer un match réel, mais seule sa gorge se serra. Pas d'accélération de son rythme cardiaque. Pas de nausées. Pas de sueurs froides. Peut-être que Hailey avait eu raison de le pousser à revenir sur la glace.

« On dirait bien. » Il s'éclaircit la gorge et il passa à la véritable raison de son appel. « Tu es ami avec l'entraîneur de l'équipe nationale féminine canadienne si je me souviens bien, pas vrai ? »

« Ouais, Dan et moi on se connaît depuis un bail. Pourquoi ? »

« Il y a une femme, ici à Cascade, je pense qu'il devrait y jeter un œil » Ben prit sa souris et cliqua sur le bouton Envoyer sur l'e-mail contenant le portrait des moments forts. « Si tu as un moment, jette un œil aux images que je t'ai envoyées. Si tu penses qu'elle vaut vraiment la peine, tu pourrais les lui faire passer ? »

« Comment tu t'es retrouvé mêlé à ça ? » Le doute transparaissait dans la voix de Mac, mais le son techno de la bande son qui filtrait à travers le téléphone indiqua à Ben que l'entraîneur avait ouvert le fichier.

« Elle m'a aidé à me remettre au sport. C'est ma manière de la remercier. » Et avec de la chance de mettre un terme à une des excuses qu'elle lui avait données le matin même.

« Ouah. Elle a mis la sauce dans ce tir frappé. »

« Et ce n'est pas tout ce qu'elle a en réserve. Elle est douée, Mac, et elle mérite d'avoir sa chance d'entrer dans l'équipe. »

Le silence se fit sur la ligne pendant une trentaine de secondes, seuls la bande son et les quelques bruits incohérents que la surprise arrachait à Mac se faisaient entendre. « Ouais, elle a définitivement ce qu'il faut, mais je ne sais pas comment elle se débrouillera avec les meilleures. »

« Tout ce dont elle a besoin, c'est d'une chance. »

« D'accord, je vais faire passer ça à Dan et je vais voir ce qu'il en pense. »

« Merci. » Ben raccrocha et mit fin à l'appel avant que Mac n'insiste pour avoir plus d'informations.

****

Le téléphone de Hailey vibra dans sa poche. Elle le sortit et elle eut un grand sourire en voyant le SMS de Ben. *Retrouve-moi derrière dans quelques minutes.*

Ce n'était pas la première fois qu'elle recevait ce genre de message de sa part. Généralement, cela signifiait quelques baisers torrides qui la rendaient impatiente d'aller chez lui après le travail. Cependant, le message de ce soir-là la laissa plus soulagée qu'excitée.

Elle avait terminé l'entraînement avec Ben sur une fausse note. Une partie d'elle était plus que ravie qu'il lui ait proposé de venir à Vancouver avec lui, mais elle ne pouvait ni savourer l'instant, ni accepter son offre. Pas tant qu'elle ne lui avait pas parlé de Zach. Les trois semaines qui venaient de s'écouler avait été un flou artistique de bonheur, que ce soit sur la glace ou au lit. Et pourtant, elle continuait d'attendre que tout se brise au moment où elle lui parlerait de son fils. Lorsqu'il avait insisté pour connaître la raison de son refus de venir avec lui, elle avait presque failli lui dire.

Tu n'es qu'une trouillarde, et maintenant tu veux mentir à Ben pour le garder.

Elle appuya son visage sur la porte du réfrigérateur de la cuisine et elle laissa le métal froid soulager ses joues brûlantes. Elle ne pouvait pas continuer à remettre à plus tard le fait de lui dire la vérité, mais elle n'arrivait jamais à trouver le bon moment pour lui en parler.

« Tout va bien, ma chérie ? », demanda Cindy qui essayait de faire tenir en équilibre plusieurs assiettes sur ses bras.

« Oui - j'ai juste besoin de respirer un peu d'air frais. »

« Vas-y. » Elle lui fit un clin d'œil tandis que la jeune femme se dirigeait vers la porte du bar. « Dis bonjour à Ben pour moi. »

Un rire perça à travers son brouillard de culpabilité.

Lorsque les cheveux de Ben avaient repoussé, les habitants de la ville avaient commencé à murmurer à propos de la star de la NHL qui vivait parmi eux, mais ils trouvaient encore plus de plaisir à faire des commérages sur sa relation avec elle. À présent, tout le monde savait qu'ils étaient en couple, même si elle avait essayé d'être discrète à propos des nuits où elle dormait chez lui. Mais c'était la première fois qu'elle en entendait parler par quelqu'un de sa famille.

Son estomac ne fit qu'un tour. Et si son père savait qu'elle couchait avec Ben ?

Peut-être qu'il serait plus sûr de partir à Vancouver que de rester ici.

Elle repoussa la porte du réfrigérateur et elle sortit. Deux bras musclés la saisirent et l'attirèrent contre un torse dur et familier. Une seconde plus tard, les lèvres de Ben couvraient les siennes dans un baiser torride qui lui fit souhaiter que son travail soit fini.

« Je t'ai manqué ? », demanda-t-il avec un sourire prétentieux.

« Est-ce je dois te le montrer ? » Elle baissa la tête de Ben et elle prit le contrôle du baiser suivant, enroulant sa langue autour de la sienne pendant que ses hanches ondulaient contre la raideur dans le pantalon de Ben. La respiration de ce dernier s'accéléra et il plaça ses mains sur les fesses de Hailey en la pressant fermement contre lui.

La voix du jeune homme était basse et remplie de désir une fois qu'elle eut terminé. « Si tu continues de m'embrasser comme ça, je ne réponds plus de mes actes. »

« C'est toi qui a commencé. » Elle déposa un autre baiser sur sa joue pour faire bonne mesure, puis elle recula d'un pas, juste au cas où il déciderait qu'elle l'avait trop taquiné. Étant donné la manière dont les nouvelles circulaient dans cette ville, n'importe quelle galipette derrière le Sin Bin ferait la une du journal, même si la benne à ordures les protégeait un peu des regards. « Alors, tu es ici parce que le plat du jour c'est le pâté de viande ? »

Il plissa le nez. « Pff, je n'arrive pas à croire que tu continues de proposer ça en plat du jour. » Mais il la berça dans ses bras de droite à gauche avec un sourire taquin. « Non, je suis juste passé pour te donner quelques nouvelles. »

Le cœur de Hailey bondit. « Quoi ? »

« J'ai eu une petite conversation avec Mac aujourd'hui. »

Et d'un seul coup, le cœur de Hailey chuta jusqu'à son estomac. Une conversation avec son entraîneur ne pouvait vouloir dire qu'une seule chose - il allait bientôt quitter Cascade. « Et ? »

« Est-ce que tu savais qu'il est ami avec l'entraîneur en chef de l'équipe nationale féminine ? »

Elle oublia son cœur - sa poitrine se serra tellement qu'elle doutait que ce dernier puisse battre. « Ah oui ? »

Ben acquiesça et son sourire s'élargit. « Je lui ai montré ton portrait vidéo et il pense que tu as du talent. Il l'a faite passer à Dan cet après-midi. »

Sa tête se mit à tourner et elle s'agrippa encore plus fort à Ben pour ne pas s'évanouir. « Il a pensé que j'étais suffisamment bonne pour entrer dans l'équipe ? »

« Mac oui, mais ce la décision ne lui appartient pas. » Il appuya le bout de son nez contre le sien. « Mais je pense que son appui pourrait être suffisamment pour tu puisses passer les épreuves de sélection. »

« Oh mon Dieu ! » Elle jeta ses bras autour de son cou et elle le serra dans une étreinte remplie de joie extatique. « Merci. Merci beaucoup ! »

Il la serra comme s'il savait exactement à que point la joie traversait tout son corps. « De rien. »

« C'est... je veux dire... ». Comme elle ne trouvait pas les mots pour exprimer sa gratitude, elle se tourna vers la seule chose qu'elle savait qu'il comprendrait. Elle l'embrassa, fort et rapidement au début, mais ensuite son baiser devint lent et séducteur avant même qu'elle puisse se retenir. Ben avait fait cela pour elle, il lui avait donné les moyens d'atteindre son rêve et de tenir sa promesse à Zach, et elle n'avait absolument aucune idée de la manière dont le remercier.

Un grognement s'éleva de sa poitrine et il la poussa contre le mur. Ses mains fouillèrent sous le T-shirt de la jeune femme et caressèrent sa peau nue, envoyant des petits frissons de plaisir dans tout son corps. Il ne fit aucune tentative pour essayer de cacher à quel point elle le rendait dur ni pour minimiser à quel point il avait envie d'elle. À chaque coup de sa langue, il devenait plus audacieux. Il tira sur le col de son T-shirt, puis sur son soutien-gorge jusqu'à qu'un sein s'en libère. Il le prit dans sa main, puis il l'embrassa en devenant de plus en plus avied alors que ses doigts taquinaient le pic douloureux.

Elle n'essaya pas de l'arrêter. Au diable cette ville et ses mauvaises langues. À la même heure le lendemain, toute la ville saurait qu'elle couchait avec Ben, mais il y avait plus que cela. Elle était tombée amoureuse de lui et elle ne voulait plus garder la moindre facette de la relation secrète.

Et à en juger par les actions de Ben, il ne se souciait pas non plus d'être surpris. Ses lèvres dévoraient les siennes, et une fois qu'il eut terminé, il traça une piste de baisers le long de sa joue, de son menton et de son cou, se rapprochant de plus en plus du téton exposé dans sa main. Il murmurait son nom comme un homme assoiffé juste avant que ses lèvres attirent le pic tendu.

Un frisson de délice la parcourut, rendant sa respiration haletante. S'il ne s'arrêtait pas bientôt, elle l'attirerait à l'arrière de sa Land Rover et ils couvriraient les vitres de buées tout en la secouant sur ses suspensions.

Ben mordilla une dernière fois sa poitrine avant de se redresser. « Tu es sûre que tu ne veux pas venir chez moi ce soir ? »

« C'est tentant », dit-elle, surtout quand ses lèvres

remontaient le long de son cou vers le point sensible situé derrière son oreille, « mais je pense que p'pa nous a à l'œil. Ce matin, il a fait un commentaire sur le fait que je ne semblais pas rentrer à la maison ces derniers temps. »

« Est-ce que tu lui as dit que tu étais une adulte qui pouvait faire ce qu'elle voulait ? »

« Est-ce que *tu* veux lui dire ce qu'on fait ? »

Ben eut un petit rire qui l'amena à se demander s'il se souciait ne serait-ce qu'un peu de tout cela tant qu'il obtenait ce qu'il voulait.

Mais lorsque la porte s'ouvrit à la volée derrière eux, il s'élança devant elle et il la protégea de la personne qui venait vers eux, qui que cela puisse être.

Hailey parvint à ranger son sein sensible dans son soutien-gorge avant que son père ne le vit, mais elle doutait avoir réussi à effacer la rougeur sur ses joues.

Le regard bleu glacial de son père alla de l'un à l'autre et il plissa les yeux. « Cindy a dit que tu étais sortie prendre un peu l'air. »

Est-ce que c'était la seule chose qu'elle lui avait dite ? Hailey passa ses doigts dans ses cheveux comme si elle pouvait cacher la preuve de leurs préliminaires. « C'est ce que j'ai fait, et il s'avère que Ben était là. »

Le regard du père de Hailey se fixa sur Ben et devint plus sombre. « Eh bien la pause est finie. La final de la Coupe Stanley bat son plein et on est plein. »

« J'arrive dans une minute, p'pa. Laisse-moi juste dire au revoir à Ben. »

Heureusement, son père comprit le sous-entendu et il rentra à l'intérieur.

Hailey mordit sa lèvre inférieure et offrit à Ben un sourire penaud. « Je ferais mieux d'y aller avant que p'pa ne revienne avec un fusil. »

« Bonne idée. » Il déposa un baiser sur sa joue. « Tu es sûre pour ce soir ? »

« Oui, surtout après ça. » Elle montra la porte du doigt, et elle n'aurait pas été surprise que son père soit en train d'écouter chaque mot de leur conversation derrière cette dernière. « Mais demain je suis de repos. »

« Alors on va se faire un tête-à-tête en amoureux. Je préparerai même le dîner. »

« Ça me va. » Enfin, s'ils restaient suffisamment longtemps hors du lit pour manger. « Je serai là à sept heures. »

Il l'attira de nouveau dans ses bras pour un dernier baiser à couper le souffle. « Disons six. »

« Vendu. »

Son cœur s'effondra quand elle le regarda remonter dans son 4x4 et s'éloigner. Il n'avait pas besoin de lui faire la cour avec une chance d'obtenir une épreuve de sélection, mais cela n'avait fait que renforcer son amour pour lui.

Haily ouvrit la porte de derrière du restaurant et heurta de plein fouet le torse de son père. La colère frémissait encore dans les yeux de ce dernier, mais cette fois elle était dirigée contre elle. Lorsqu'elle essaya de passer devant lui, il lui bloqua le chemin menant de la cuisine au bar principal. « Oui, p'pa ? »

« C'est le père de Zach, pas vrai ? »

Toute la chaleur quitta son corps, et son ventre se contracta si fort qu'elle eut peur de vomir. Elle ouvrit la bouche pour parler, mais sa langue sèche refusa d'articuler la moindre réponse. Elle acquiesça et elle détourna le regard.

« Est-ce qu'il sait ? »

Cette fois, elle trouva suffisamment de mots pour répondre honnêtement. « Je ne sais pas. »

« Qu'est-ce que tu veux dire par 'je ne sais pas ?' Soit tu lui as dit soit tu ne l'as pas fait. »

Elle se frotta les bras en fixant le sol.

Un juron sortit de la bouche de son père tandis que ce

dernier les mains avec une expression de dégoût. « Je t'ai élevée mieux que ça, Hailey. Si c'est le père de Hailey, il mérite de savoir pour lui. »

La colonne de la jeune femme se raidit. Peut-être qu'elle avait tort en ce moment, mais cela ne voulait dire qu'elle était totalement à blâmer. « J'ai essayé de le contacter avant la mort de Zach - plusieurs fois en fait. Et la seule réponse que j'ai eu, ça a été une lettre du mec des RP des Whales qui disait que Ben avait dit qu'il ne me connaissait pas. »

« Et si c'était le cas, pourquoi est-ce que tu agis comme si rien ne s'était passé ? »

« Parce que je ne pense pas que ce mec ait pris la peine de poser la question à Ben. » Elle posa sa paume contre son front palpitant. « Ben m'a reconnue le premier soir où il est arrivé ici, même après neuf ans. Je ne pense pas qu'il aurait nié le fait qu'il me connaissait si on lui avait posé la question. »

« Ça n'explique toujours pas pourquoi tu ne lui as pas parlé tout de suite de son fils. »

« C'est compliqué. »

« Il n'y a rien de compliqué là-dedans. Tu es juste trop trouillarde pour lui dire. »

Ses yeux la brûlaient sous l'accusation de son père, essentiellement parce qu'il avait vu juste.

Et il ne s'arrêta pas là. « Donne-moi une bonne raison qui explique pourquoi tu fais comme si son fils n'avait pas existé. »

Ses mots la frappèrent plus fort qu'une gifle, mais cela n'était rien comparé à la douleur qui couvait dans sa poitrine. « Parce que j'ai vu ce que la perte d'un enfant vous a fait à m'man et toi, et j'ai trop peur qu'il ne veuille plus avoir rien à faire avec moi si je lui dis que son fils est mort avant même qu'il ait eu une chance de le connaître. »

La colère disparut de la voix de son père, ne laissait que de la déconvenue dans son sillage. « Ma chérie, si tu penses vraiment qu'il agira comme ça, alors tu serais peut-être mieux sans lui. »

Hailey cligna des yeux pour repousser ses larmes. Pleurer ne résoudrait rien. « Je sais que ce n'est pas facile pour toi de dire ça, p'pa, mais... »

« Il n'y a pas de mais, Hailey. Si tu ne lui dis pas, je le ferai. Un homme doit savoir ces choses, et s'il te quitte pour ça, alors bon vent. » Son visage se durcit en arborant le même masque que celui qu'il avait porté pendant les années qui avaient suivi son divorce. « Maintenant reprends-toi et retourne là-bas. Je dois m'assurer que les mecs ne sont pas en train de retourner le bar. »

Elle entoura ses bras autour de sa taille et elle se cramponna à son propre corps, espérant en vain que cela soulagerait les haut-le-cœur dans son estomac. Le temps commençait à manquer. Elle portait ce secret en elle depuis trop longtemps, et elle appréhendait le fait de le partager avec Ben.

Cindy entra dans la cuisine et passa un bras autour des épaules de Hailey. « Ça va aller, ma belle. »

« Tu es au courant ? »

Elle acquiesça. « Ton père et moi on a toujours soupçonné ça. Je veux dire, la première fois que j'ai posé les yeux sur Ben, j'ai vu Zach en lui. »

« Et ça se passera bien ? »

« Bien sûr. J'ai vu la manière dont il te regarde. Ce garçon est fou de toi. »

Haily renifla et se frotta le nez. « Et si ça fout tout en l'air ? »

« Oh, ma chérie », roucoula Cindy en la prenant dans ses bras, « ne t'inquiète pas pour ça. Si ça doit être le cas, vous pouvez surmonter ça tous les deux. »

« Je ne sais même pas comment aborder le sujet avec lui. »

« Commence juste par lui dire que tu avais un fils, et

ensuite continue à partir de là. Et si tu as besoin de mon aide, je serai ravie de t'aider. Maintenant mets un sourire sur ton visage et pense à combien ce sera agréable d'être libérée de ton secret. »

Elle suivit les conseils de sa belle-mère, et une partir de son fardeau quitta ses épaules. Elle parlerait à Ben le lendemain, pendant le dîner. Elle amènerait même l'album qu'elle avait fait pour que Ben sache au moins quelque chose à propos de son fils. Et ensuite, une fois qu'elle se serait totalement ouverte sur son passé, elle attendrait et elle verrait s'il y avait une quelconque chance d'un futur avec lui.

CHAPITRE QUATORZE

Ben examina la petite sélection de vins dans l'épicerie locale et il fronça les sourcils. Il avait des doutes sur le fait que Lia recommanderait l'un d'entre eux. Il poussa son caddy dans l'allée vers le réfrigérateur où se trouvaient les bières, et au lieu du vin il choisir un pack de six IPA locales que Hailey semblait préférer.

Il cocha le dernier article sur la liste de courses pour le dîner et il se dirigea vers une des deux caisses où il finit par se retrouver en train de faire la queue derrière Cindy.

« Salut, mon beau », dit-elle avec un sourire radieux. « On dirait quelqu'un organise un grand dîner. »

Hailey avait peut-être voulu garder les détails de leur relation secrets pour son père, mais cela ne voulait pas dire qu'il devait les cacher à sa belle-mère. « Hailey vient dîner chez moi. »

« Quelle chance elle a. Je pourrais supplier pour avoir ses restes. » Elle plaça un sac rempli de piments habaneros sur le tapis roulant, puis un gros paquet de bœuf haché.

Ben sentit sa bouche le brûler en se remémorant la spécialité de Cindy. « Vous préparez encore un pâté de viande ? »

Elle rit et elle secoua la tête. « C'est chili ce soir. »

Il se demanda si le Sin Bin avait un distributeur secret de Tums[12] dans les toilettes, à côté du distributeur de préservatifs.

---

[12] Tums : un médicament contre les brûlures d'estomac

Pendant que la caissière s'occupait de ses courses, Cindy embrassa ses doigts et les appuya sur une photo représentant un garçon portant un uniforme de hockey de benjamin. « Oh, gentil garçon. Il me manque tellement. »

Sa curiosité ayant été piquée, Ben tendit le cou et regarda le garçon sur la photo collée sur la boîte dédiée aux dons. Un frisson parcourut son échine et subsista pour finir dans ses cheveux. Il y avait quelque chose de vaguement familier chez lui. « Qui est-ce ? »

« Le fils de Hailey, Zach. »

Ses mains devinrent engourdies lorsqu'il étudia le garçon plus attentivement. Il était indéniable qu'il s'agissait du fils de Hailey, surtout avec les deux fossettes assorties qui entouraient son grand sourire, mais ce n'était pas ce qui le troublait. Sans cela, il aurait juré être en train de regarder une photo de lui quand il avait six ans. Le garçon avait ses yeux, son menton.

Cindy ignora son silence et poursuivit : « Ce petit diablotin nous manque à tous. »

« Oh que oui », répondit la femme derrière la caisse. « Ça fait... un peu plus d'un an maintenant, c'est ça ? »

« Mai dernier. »

La gorge de Ben se serra dans un mélange de chagrin et de colère. « Qu'est-ce que lui est arrivé ? »

« Il est mort d'une tumeur cérébrale. » Cindy montra du doigt les lettres à côté de la photo qui étaient devenues floues au point d'être illisibles. « C'est pour ça qu'on collecte des fonds pour l'hôpital pour enfants de Vancouver. Ils ont fait tout ce qu'ils ont pu pour lui, et c'est notre manière de les remercier. »

Les mots de Cindy résonnaient comme les murmures d'un ivrogne dans ses oreilles. Combien de fois était-il passé devant cette photo sans vraiment la regarder ? Bon sang, il avait même jeté des petites pièces de monnaie dans la boîte. Et pourtant, plus il regardait Zach, plus il était convaincu que ce garçon était son fils.

Ses mains s'enroulèrent autour du caddy, et il serra la tige en métal de ce dernier aussi fort que le poing invisible qui étouffait ses entrailles. Soudain, tout fut clair. La culpabilité, le chagrin, le secret qu'elle lui cachait.

Mais si Zach était son fils, pourquoi Hailey ne lui en avait pas parlé ?

Soudain, le dîner ne lui semblait plus aussi appétissant. Il sortit de la queue pour la caisse.

« Où tu vas, chéri ? », demanda Cindy.

« Je vais tout remettre dans les rayons. Je ne pense pas que je vais rester à Cascade plus longtemps. »

Ben retourna sur ses pas dans un brouillard semi-conscient, remettant tout en place, des steaks à la bière. Son cœur battait au même rythme que ses pas lents, chaque pulsation envoyant de petites vagues d'une douleur atroce dans tout son corps. Juste au moment où il pensait que les choses étaient proches de la perfection avec Hailey, il apprenait l'horrible vérité. Il avait eu un fils dont il avait ignoré l'existence. Son fils était parti avant même qu'il n'ait une chance de le connaître. Et Hailey continuait de lui cacher tout cela.

Quel genre de mère sans cœur ferait cela ?

Il resterait en ville suffisamment longtemps pour parler en face à Hailey, puis il partirait. Il n'y avait aucun moyen pour qu'il puisse être avec une femme qui l'avait abusé à ce point-là.

****

Hailey entra dans l'allée de Ben, les nerfs totalement épuisés. Elle était restée éveillée si tard la veille pour s'assurer que tout était parfait dans l'album qu'elle n'avait pas entendu son réveil. C'était la première fois qu'elle manquait un entraînement de hockey depuis qu'elle avait dispersé les cendres de Zach. Toute l'année précédente, elle était tellement concentrée sur le fait de tenir la promesse qu'elle avait faite à son fils qu'elle espérait que celui-ci ne lui en voudrait pour son absence sur la glace ce matin-là.

Elle éteignit le moteur et elle regarda l'album. Elle n'était toujours pas prête à annoncer la nouvelle à Ben, mais elle espérait que cela aiderait à atténuer le choc. Son père avait raison - Ben méritait de savoir pour son fils, et c'était la seule chose qu'elle pouvait lui offrir. Peut-être qu'avec le temps elle serait capable de lui montrer leurs films amateur, mais elle ne pouvait se résoudre elle-même à les regarder pour le moment.

Elle prit une profonde inspiration et elle tapota sur le volant tout en expirant. Ben lui avait demandé une deuxième chance, et elle la lui avait donnée. Il ne lui refuserait sûrement pas une seconde chance après cela. Petit à petit, son courage monta et elle prit l'album. Son cœur tremblait, mais elle ne ressentait plus de crainte. Il était temps de lui parler de Ben.

Elle sortit de la Jeep et elle frappa à la porte d'entrée, en portant l'album sur sa poitrine en attendant que Ben réponde. Une silhouette indistincte faisait les cent pas à l'intérieur, mais personne ne vint l'accueillir. Après une minute, elle essaya d'appuyer sur la poignée et la porte s'ouvrit. « Allo ? Ben ? »

Le claquement de l'équipement de hockey contre le parquet lui répondit.

Elle s'aventura plus loin dans le chalet. Une pile de cartons et deux valises étaient posées dans l'entrée et elle sentit ses paumes devenir moites. Apparemment, Ben était en train de faire ses bagages pour partir. « Ben ? », appela-t-elle d'une voix tremblante.

Elle le trouva en train de descendre les escaliers menant à la chambre, son visage était plus dur que la couleur ardoise de ses yeux. Il la fixa un instant avant de placer la valise qu'il portait à côté des autres.

Un frisson la parcourut, la poussant à s'accrocher encore

plus à l'album. « Je croyais que tu avais dit que tu préparerais le dîner. »

Il se figea, les muscles de son cou se tendant comme des élastiques trop tendus sur le point de se casser. Il serra les poings en enfonçant ses ongles dans ses paumes tout en continuant à la regarder comme si elle était la personne la plus abominable sur terre. « Je sais à propos de Zach », dit-il d'une voix basse sur un ton acerbe.

Le sang quitta la tête de Hailey et la pièce se mit à tourner autour d'elle. Elle alla vers la chaise la plus proche et elle s'assit avant que ses jambes ne cèdent sous elle. « Comment ? »

« On s'en fout de comment. » Il ferma son ordinateur portable et il le glissa dans une pochette.

« Ben, je sais que… »

« La ferme, Hailey. Ferme ta putain de gueule. » Son torse se gonfla et chacune de ses respirations semblait bouillir à travers ses dents serrées. « Je ne veux pas entendre tes excuses. »

Le choc de Hailey se dissipa et un élan de colère qui équivalait au sien raidit ses os. Elle posa l'album sur la table et elle sauta de sa chaise. « Qu'est-ce que tu veux dire par 'je ne veux pas entendre tes excuses' ? C'est toi qui a dit que tu ne me connaissais absolument pas. »

« C'est quoi ce délire ? » Perdu, il fronça les sourcils pendant quelques secondes avant de retrouver son masque de fureur. « N'essaye même pas de me raconter des conneries. »

« Ce ne sont pas des conneries. »

« Pourquoi je devrais croire ce que tu dis ? » Il mit son ordinateur portable et son iPad dans sa malette, puis il ajouta cette dernière à la pile grandissante de ses affaires. « Est-ce que tu comptais me parler de lui un jour ? »

« Oui. »

« Quand ? Après m'avoir utilisé pour rentrer dans

l'équipe olympique ? »

« Espèce de sale connard. » La rage bouillait en elle et elle parcourut l'espace qui les séparait dans une brume rouge. Son poing entra en contact avec la pommette de Ben dans un claquement satisfaisant. Une douleur cinglante parcourut sa main, mais cela la peine pour voir sa tête revenir en place. Elle essaya de suivre avec un autre coup de poing, mais il la bloqua avec ses mains massives et il la retint prisonnière. Elle lutta contre lui, frappant ses tibias et visant son entrejambe avec son genou.

« Ça suffit. » D'un mouvement rapide il la fit tournoyer et il appuya son dos contre son torse. Ses bras restèrent bloqués devant elle, croisés sur sa poitrine comme si elle était dans une camisole de force. « Calme-toi avant de te blesser et de rater ton épreuve de sélection. »

« Pas tant que tu ne m'auras pas laissé en placer une. » Elle lutta contre lui, écrasant ses pieds et le frappant avec ses fesses. Elle était sur le point de le mordre au moment où il la lâcha. Elle fit volte-face et elle recula hors de sa portée. Une petite pointe de satisfaction vit le jour en elle lorsqu'elle vit le bleu qui était en train de se former sous l'œil de Ben. « Comment tu oses m'accuser de t'utiliser ? »

« Pourquoi tu ne m'as pas dit que j'avais un fils ? »

Oh, merde ! Elle ne sentait plus sa mâchoire et elle lutta pour respirer.

« Tu ne crois pas que j'avais le droit de savoir pour lui, et de préférence avant qu'il ne meure ? »

Un sanglot naquit en elle, tambourinant pour faire tomber ses défenses. Mais elle ne pouvait pas pleurer devant lui. Elle ne pouvait pas lui laisser savoir combien il lui avait fait mal, combien il lui était encore en train de lui faire mal. « J'ai essayé de te le dire. »

« Quand ? Juste maintenant ? »

« Non, espèce de connard égocentrique. J'ai essayé de te le dire il y a plusieurs années, mais ensuite j'ai réalisé qui tu étais. Je t'ai envoyé des lettres et des lettres via les Whales, mais tu n'as jamais répondu. »

« De quoi tu parles ? Je n'ai jamais reçu aucune lettre de ta part. »

« Je les ai envoyées. En fait, j'ai même reçu une réponse à une d'elle de la part de ton responsable RP. » Elle sortit la lettre de l'arrière de l'album et la leva pour qu'il la vit.

« Tu as probablement préparé tout ça pour couvrir ton cul. » Il repoussa la lettre d'un geste et il plissa les yeux. « Dis-moi, est-ce que Cindy t'as mise au parfum cet après-midi ? Est-ce que tu as eu assez de temps pour trouver une stratégie de défense ? »

« Qu'est-ce que Cindy a à voir avec ça ? »

« Au moins elle a eu le courage de me parler de Zach, contrairement à toi. »

Elle froissa la lettre dans sa main, et sa colère se dirigea pendant une brève seconde vers sa belle-mère avant de revenir vers Ben. Elle s'occuperait de Cindy plus tard. Pour le moment, elle devait remettre Ben à sa place. « Je suis venue ici ce soir pour t'en parler. »

« Eh bien c'est trop tard. J'ai déjà la personne que tu es vraiment. » Il souleva le sac contenant son équipement et il l'amena jusqu'à la porte d'entrée.

Elle le suivit jusqu'à sa Land Rover. « Pourquoi tu agis comme ça ? »

« Comment tu croyais que j'allais agir après avoir appris que j'avais un fils dont j'ignorais tout ? »

Le cœur de Hailey battait dans sa poitrine comme s'il lui disait encore et encore *je te l'avais dit*. Elle laissa mollement tomber ses bras le long de son corps, la force de combattre l'ayant quittée au moment où elle s'était rendue à l'évidence, elle savait déjà ce qui allait se passer depuis longtemps. « Juste comme ça. »

Les sanglots menaçaient de la submerger de nouveau, mais elle les ravala et elle tituba. « Si je ne t'en ai pas parlé quand on a commencé à passer du temps ensemble au début, c'était parce que j'essayais encore de voir si tu étais au courant pour lui avant qu'il ne meure. Et quand j'ai réalisé que ce n'était pas le cas, j'avais trop peur que tu me quittes en l'apprenant. » Elle montra du doigt le 4x4 à moitié rempli. « Et j'avais raison. »

Le visage de Ben resta impassible, mais il ne se disputa pas avec elle, il n'essaya pas de nier ce qu'elle affirmait.

« Tu parlais de vouloir une deuxième chance, mais tu n'as pas envie de m'en donner une, hein ? Et tu sais quoi ? Je m'en fiche. » Une larme solitaire coula de son œil le long de sa joue. « Zach est mort. Il n'y a pas un jour qui passe où je ne donnerais pas tout pour changer ça, mais il n'y a rien que je puisse faire pour le ramener. Tout ce qu'il me reste de lui, c'est les souvenirs d'un enfant qui adorait le sport autant que moi et d'une promesse que j'ai l'intention de tenir, avec ou sans toi. »

Chacun de ses mots anéantissait la culpabilité qu'elle portait en elle depuis trop longtemps et elle ne voulait pas s'arrêter. « Alors vas-y. Pars. Retourne dans ta bulle confortable à Vancouver et oublie-moi encore une fois. Je continuerais sans toi tout comme je l'ai fait la dernière fois. Mais ne t'avise pas de m'accuser d'avoir essayé de te cacher ton fils quand il était encore en vie. »

Elle tourna les talons et elle sauta dans sa Jeep, puis faisant marche arrière elle roula loin de Ben comme s'il était un site de démolition sur le point d'exploser. Des larmes chaudes tombaient en cascade sur ses joues tandis qu'elle descendait la montagne. Elle aurait pourtant dû le savoir et ne pas le laisser revenir dans sa vie. Neuf ans plus tôt, il l'avait laissée seule et enceinte. À présent, il la quittait en laissant un énorme trou dans sa poitrine à l'endroit où se trouvait autrefois son cœur. Elle s'était autorisée à tomber amoureuse de lui, et son rejet l'avait encore plus dévasté que la fois précédente.

Lorsqu'elle tourna dans la propriété de son père, elle dépassa sa caravane et elle s'arrêta devant la maison. Après que tous les souvenirs douloureux de la mort de Zach soient remontés à la surface, elle n'était pas prête à retourner dans la maison qu'elle avait partagée avec ce dernier. Au lieu de cela, elle se pelotonna sur le porche de devant et elle pleura jusqu'à ce qu'elle ait l'impression que ses yeux étaient granuleux. La balancelle se balança et grinça lorsque Dozer, le golden retriever de son père, sauta près d'elle. Elle le serra fort contre elle et elle ébouriffa sa fourrure jusqu'à ce que la dernière trace de chagrin et de frustration l'ait quittée.

Elle avait enfin dit la vérité à Ben et pourtant il l'avait quittée.

Assez parlé de secondes chances.

CHAPITRE QUINZE

Ben sortit du lit et se passa les doigts dans les cheveux. L'aurore envahissait les montagnes pour éclairer l'horizon de Vancouver, mais cela ne fit que lui rappeler combien il avait peu dormi. À chaque fois qu'il fermait les yeux, il continuait de voir l'angoisse sur le visage de Hailey quand elle lui avait dit de partir. Et même si son esprit lui disait qu'elle ne faisait que jouer avec lui, que ses larmes faisaient partie de son imposture, la douleur dans sa poitrine lui disait le contraire.

Une partie de lui voulait retirer tous les mots durs, même s'il savait qu'il ne le pouvait pas. Au lieu de cela, il frappa son oreiller. Ce qui était dit était dit, et il doutait que des excuses puissent arranger les choses pour l'un d'entre eux.

La réalité de tout cela ne s'était pas encore gravée en lui. Il avait eu un fils, un enfant qui était sa chair et son sang, et il n'avait jamais été au courant de son existence. La nuit précédente, il avait passé la plupart de son trajet de retour vers Vancouver à revivre cette nuit qu'ils avaient passé ensemble à l'hôtel et à se demander comment elle avait pu tomber enceinte. Elle avait dit qu'elle prenait la pilule et il avait utilisé un préservatif. La seule chose qui se détachait comme étant étrange, c'était à quel point le préservatif était peu rempli ensuite. Peut-être qu'il y avait eu une fuite. Cela rendait certainement plus plausible l'affirmation de Hailey selon laquelle il était le père.

Non, il n'y avait aucun doute sur le fait que Zach était

son enfant. À chaque fois qu'il ouvrait l'album qu'elle avait laissé dans son chalet et qu'il voyait une photo de l'enfant, il savait que l'enfant était le sien. Puis il était forcé de le fermer parce que le chagrin devenait insupportable. En l'espace de quelques heures, il avait appris qu'il était père et que son fils était mort. Maintenant, il luttait pour rester en mode de survie.

Une douche chaude élimina sa fatigue, mais pas les questions qui subsistaient. Elle lui avait amené l'album pour une raison. Peut-être que Cindy lui avait parlé de leur conversation à l'épicerie. Peut-être que non. Mais apparemment Hailey avait prévu de mettre les choses à plat la nuit précédente.

Tout ce qu'il me reste de lui, c'est les souvenirs d'un enfant qui adorait le hockey autant que moi et d'une promesse que j'ai l'intention de tenir, avec ou sans toi.

Ses mots ravivaient la douleur en lui avec une nouvelle ferveur, et il frappa le mur de la douche avec son poing. Il n'avait même pas cela. Et il voulait en savoir plus sur son Zach. Il voulait en savoir plus sur son fils, savoir s'il adorait le hockey comme eux deux, demander s'il avait jamais posé des questions à propos de son père. Mais au lieu de demander à la seule personne qui pouvait lui dire toutes ces choses, il l'avait accusée de l'utiliser et de le tromper. Et en faisant cela, il avait perdu une femme qu'il ne pourrait jamais oublier.

Bien joué, Kelly. Tu en es à 0 à 2 avec Hailey.

Est-ce que les hommes comme lui avaient jamais droit à une troisième chance ?

Au moment où il eut terminé de se sécher, il avait élaboré un nouveau plan d'attaque. Quelque chose chez Hailey lui avait toujours donné envie d'agir différemment de d'habitude, mais maintenant il était plus important que jamais de se rappeler pourquoi il aimait se poser et tout mettre en place avant d'agir. Elle lui avait donné quelques morceaux du puzzle, et peut-être que s'il arrivait à le résoudre il trouverait une réponse aux questions qui tourmentaient sa conscience.

La première étape consistait à trouver la vérité derrière la lettre qu'elle avait laissée froissée sur le sol. Au premier regard, elle avait l'air authentique. Elle était écrite sur du papier à lettre de l'équipe des Whales de Vancouver, et elle était signée par Larry, celui qui était chargé des relations publiques de cette dernière. Larry était celui qui triait leur courrier et qui filtrait toutes les menaces avant de leur transmettre les lettres de leurs foules d'admirateurs. Mais cela n'expliquait pas pourquoi Larry lui aurait écrit quelque chose de ce genre alors qu'il n'avait jamais questionné Ben à propos d'elle au préalable.

Ben prit la lettre et il la lut encore une fois. Il était temps de creuser pour connaître la vérité.

****

« Ben », dit Larry avec un sourire chaleureux lorsque Ben entra dans son bureau. « C'est si bon de te revoir. Mac m'a dit que tu prévoyais de revenir dans l'équipe pour une autre saison. Tu n'imagines pas à quel point les fans seront contents de savoir que tu es de retour. »

« Si je peux gérer mon physique, je veux jouer. » Sa respiration s'arrêta après qu'il eut réalisé ce qu'il venait juste de dire. Hailey avait toujours eu raison à propos de lui. Il adorait le hockey, mais il avait besoin qu'elle le convainque de retourner sur la glace. La douleur qu'il ressentait dans sa poitrine devint plus forte. « Je me demandais si tu pouvais répondre à une question pour moi. »

« Je ferai tout ce que je peux. »

Ben sortit la lettre et il la tendit à Larry. « Est-ce que tu as envoyé cette lettre ? »

Larry sortit ses lunettes de lecture et il examina la feuille de papier. « Oh, ouais, je me souviens de cette femme. Une vraie désaxée. »

Ben sentit son ventre se nouer. « Qu'est-ce que tu veux dire ? »

« Elle a probablement dû envoyer une vingtaine de lettres pour te parler. Une espèce de puck bunny complètement folle si tu veux mon avis. » Larry rendit la lettre à Ben, puis il se dirigea vers son armoire de classement. « J'en ai même gardé quelques-unes au cas où on aurait besoin de demander une injonction restrictive. »

Les doigts de Ben devinrent glacés tandis que son esprit continuait de murmurer *Oh merde, oh merde*, encore et encore.

« Ouais, les voilà. » Larry sortit un épais classeur. « Hailey Erikson. Apparemment j'ai été un peu chiche dans mon estimation. Il y a une probablement une cinquantaine de lettres là-dedans. »

Putain !

Larry ouvrit le classeur sur son bureau pour que Ben puisse y jeter un œil. « Voilà la première lettre qu'elle a envoyé il y a cinq ans, à peu près un mois après que tu aies commencé à jouer avec l'équipe. »

La preuve le frappa comme un coup poing dans les tripes, et il dut faire appel à toute sa force pour ne se plier en deux sous l'intensité du choc. Elle lui avait dit la vérité. Il parcourut les lettres en examinant les dates sur chacune d'elles. Tous les mois elle demandait la même chose - une chance de lui parler. Seule la dernière lettre était différente. Elle suppliait de lui parler de son fils qui était en train de mourir.

« C'est celle qui m'a finalement poussé à lui répondre. Elle essayait de jouer sur notre compassion avec tout le truc à propos de son fils en train de mourir, mais je te connais, Ben. Tu n'es pas du genre à mettre une fille en cloque sans le savoir. Alors je lui ai envoyé cette lettre, et elle l'a fermé. »

Une boule de feu se forma au fond de la poitrine de Ben. Sa respiration s'accéléra et son sang se mit à bouillir. Il enfonça ses ongles dans ses paumes. En luttant pour garder son calme, il dit : « Elle disait la vérité. »

Larry recula et bégaya « Qu-qu-quoi ? Je veux dire, merde, Ben, je n'en avais aucune idée. »

Ben ferma le classeur et il le poussa dans les mains du responsable RP. « J'aurais aimé que tu me poses des questions à propos de ça avant d'envoyer cette lettre. Peut-être qu'alors j'aurais pu rencontrer mon fils avant qu'il ne meure. »

« Oh, merde, je suis désolé, Ben. Vraiment. »

« Ouais, eh bien ça ne change pas ce qui est fait. » Y compris ce qu'il avait dit à Hailey. Il quitta le bureau de Larry en ayant l'impression le pire homme sur terre, et il doutait que de simples excuses soient suffisantes pour la reconquérir. Il avait tout détruit.

En rentrant chez lui, il ne trouva la paix. L'album sur la table continuait de se moquer de lui, lui rappelant quel abruti il avait été. Mais il lui rappelait également une occasion perdue. Hailey avait des souvenirs. Tout ce qu'il avait, c'était des photos. Il finit par s'asseoir et par ouvrir l'album. La première page contenait le faire-part de naissance.

L'espace dédié au nom du père était vierge et il eut l'impression qu'on lui enfonçait un couteau dans la poitrine. Qu'est-ce que Hailey avait traversé en portant Zach et en accouchant, tout cela toute seule ? Qu'est-ce qu'elle disait aux gens qui lui demandait qui était le père ?

La honte troubla sa vision quand il réalisa que celui qu'il était l'homme qui s'était mal comporté avec elle. Non seulement il l'avait quittée avec un enfant qu'elle avait dû élever seule, mais sa grossesse et son statut de mère célibataire avaient ruiné ses rêves olympiques. Il n'était pas étonnant après cela qu'elle n'ait pas essayé de participer aux Jeux de Vancouver. Elle était trop occupé à prendre soin d'un enfant mourant et d'essayer de lui expliquer son père n'était jamais là.

Il tendit la main pour prendre son téléphone et il chercha son numéro, mais il ne trouva pas la force de l'appeler. Il avait tout gâché - gravement. Et tant qu'il ne trouverait pas un moyen de lui demander de le pardonner, il était condamné à s'apitoyer dans son propre enfer pavé de regrets.

Il tourna la page, et il vit une photo d'une Hailey rayonnante souriant à son fils qui venait de naître. La douleur le brûlait. Il aurait eu envie d'être là-bas, de voir le bonheur sur son visage pendant qu'elle tenait leur enfant. Il pourrait avoir manqué cela avec Zach, mais il y avait encore du temps pour cela.

« Putain », murmura-t-il et il se rassit dans sa chaise et il frotta sa joue couverte d'une barbe de trois jours. Il voulait toujours un futur avec elle, maintenant plus que jamais.

Au milieu de tout cela, il était tombé amoureux d'elle.

Et il n'avait aucune idée de la manière dont il pourrait la reconquérir. Mais il pouvait travailler sur une stratégie pour le faire, à commencer par apprendre tout ce qu'il pouvait sur son fils.

Il continua de feuilleter l'album, voyant les premier pas de son fils, sa première fois sur la glace, son premier jour à l'école et son premier match de hockey. Puis les photos prirent une tournure plus sombre. Les cheveux noirs épais de Zach avaient disparu, tout d'abord rasé avec une cicatrice couvrant son cuir chevelu, puis tous tombés à cause de la chimiothérapie. Son visage passait de gonflé à décharné, et chaque photo semblait contenir un équipement médical. Une intraveineuse, une sonde gastrique, une série de fils branchés sur sa tête chauve.

Mais une chose restait constante - son sourire radieux avec des fossettes qui ne s'effaçait jamais, peu importe à quel point il semblait malade.

Les dernières pages de photos paraissaient toutes avoir été prises dans la même chambre d'hôpital. Il reconnut la silhouette des immeubles de Vancouver à travers la fenêtre et un juron s'échappa de ses lèvres. Son fils avait été si près, et il n'en avait jamais rien su. Une des dernières photos montrait Zach en train de poser avec son coéquipier Patrick, et une lueur d'espoir s'alluma en lui.

Ben arracha la photo de la page et il appela Patrick. « Salut, tu es en ville ? »

« Bien sûr. Tu as enfin décidé d'arrêter de vivre en reclus ? »

« Ouais. » Il fixa la photo et il demanda : « Est-ce qu'on peut se voir pour dîner au Grill ce soir ? »

« Aucun problème, Ben. Ça me ferait plaisir de te mettre au courant de tout ce qui s'est passé depuis ton départ. Huit heures, ça te va ? »

« J'ai hâte d'y être. » *Et j'ai hâte d'entendre ce tu pourras me dire à propos de mon fils.*

Il raccrocha et il rangea minutieusement la photo à l'arrière de son portefeuille, stimulé par le début de la mise en œuvre de son nouveau plan. Peut-être qu'il avait encore une chance de connaître son fils après tout.

****

Patrick était appuyé contre le bar en train de boire une long neck. Son coéquipier lui offrit une poignée de pain chaleureuse qui se transforma en un examen espiègle. « Pas de canne. Tu dois aller mieux. »

Même s'il sentait en pleine forme, Ben grimaça et prit son genou.

Les yeux de Patrick eurent un paniqué. « Oh merde, je ne voulais pas... »

« Détends-toi, je te taquinais. » Il montra du doigt la bouteille de bière quasiment vide. « Je vois que tu as commencé sans moi. »

« C'est juste de l'échauffement. » Patrick termina sa bière et montra le bleu qui était apparu sous l'œil de Ben après la soirée de la veille. « Qu'est-ce qui t'est arrivé ? »

« J'ai eu une prise de bec avec l'aspirant des Gordie Howe. » Il était hors de question d'admettre devant son coéquipier qu'une femme l'avait frappé.

L'hôtesse vint vers eux avec une pile de menus et elle les guida à travers le restaurant peu éclairé jusqu'à une table située au fond de ce dernier. De la musique forte rivalisait avec des télévisions tonitruantes tandis qu'ils passaient devant d'autres tables, et un fan leur cria « Allez les Whales ». Patrick absorba l'attention, lançant et levant ses pouces en direction des fans, mais Ben n'avait jamais été à l'aise avec le fait d'être sous les projecteurs. C'était une des choses qui l'avait attiré dans le poste de gardien. Son visage était caché derrière un masque pendant la majeure partie du match, et la plupart des gens devaient marquer un temps d'arrêt quand ils le croisaient hors de la glace.

Le Global Grill était un bar sportif glorifié à Yaletown où les beautés et les célébrités de Vancouver aimaient se rassembler. Des groupes de femmes dans leurs tenues les plus sexy entraient en concurrence pour attirer l'attention des acteurs et des athlètes qui fréquentaient le restaurant, mais aucune d'elle ne tenait la comparaison avec Hailey. Elle était réelle, authentique et passionnée dans tout ce qu'elle faisant contrairement à la plupart de ces croqueuses de diamants. Après les avoir observées en train de jauger Patrick, il fut ravi de voir que leur table était relativement cachée de la scène principale et éloignée de la dance music vrombissante.

Un videur baraqué les laissa entrer dans la partie calme du restaurant.

« La section VIP, hein ? », dit Patrick avec un petit coup de coude. « Bien joué. »

« Je voulais être sûr de pouvoir entendre à entendre les nouvelles que tu as à me raconter sans qu'on soit interrompu. » Heureusement, le fait de donner son nom fonctionnait aussi bien ici qu'à Cascade.

Ils s'assirent et ils commandèrent un pichet de bière, des boulettes de viande de Kobe et deux plats de grillades sans regarder le menu. Ben écouta en silence pendant que Patrick l'informait des rumeurs à propos de qui restait, de qui partait et de qui s'était assuré une place sur la liste noire de Mac. Mais quand ce fut terminé, l'arrière fit un grand sourire au-dessus de son verre. « Mais tu ne me perds pas. Quelqu'un doit faire attention à toi, surtout après la dernière saison. Je m'en veux de ne pas avoir arrêté ce sale fumier. »

« Ne t'en veux pas. Ça fait partie du jeu. » Il se surprit lui-même dès que les mots sortirent de sa bouche. C'était étrange comme son attitude par rapport à sa blessure avait changé au cours des dernières semaines. Il était passé de la peur qu'il s'agisse d'un terme à sa carrière au fait de dire avec insouciance que ce n'était pas grand-chose. Et il devait remercier Hailey pour cela.

Il était temps de mettre son plan en action avant que Patrick devienne soit trop alcoolisé, soit trop distrait par les *puck bunnies* qui fréquentaient cet endroit. Il sortit la photo de Zach. « Tu te souviens de ce gosse ? »

Patrick fixa la photo pendant un moment, toute trace d'hilarité disparaissant de ses yeux. « Ouais, Zach Erikson. Un bon gamin. Il adorait le hockey. Sa mère était mignonne aussi. Pourquoi ? »

« Je veux en savoir plus sur lui. »

Les yeux de Patrick passaient de la photo à Ben. La suspicion rendait ses lèvres plus fines. « Pourquoi ? »

« Je connais sa mère, Hailey. »

Un muscle bougea le long de la mâchoire de Patrick et il serra le poing. « À quel point ? »

La tension entre eux était telle qu'ils étaient au bord d'une bagarre spontanée. Il devait être franc avant d'arborer un nez cassé pour compléter son œil au beurre noir. « C'était mon fils, mais je n'étais pas au courant de son existence jusqu'à l'autre jour. »

Patrick posa la photo sur la table et il se pencha en arrière dans le box. Les secondes passaient tandis que l'arrière disséquait Ben comme un insecte sous une loupe un jour ensoleillé. De la sueur perlait le long de la nuque de Ben avant que Patrick ne finisse par dire : « J'ai appris à bien le connaître via mon travail de bénévole. Si tu étais venu à l'hôpital pour enfants avec moi, tu l'aurais probablement rencontré toi aussi. »

Une montée de honte força Ben à baisser les yeux. Combien de fois Patrick lui avait-il demandé de se joindre à lui pendant ses visites hebdomadaires à l'hôpital ? Combien de fois Ben avait-il trouvé des excuses pour ne pas y aller ? « J'admets volontiers que j'ai été un connard égoïste, mais il y a encore une change pour que je puisse réparer les choses, en commençant avec la mère de Zach. »

Patrick secoua la tête. « Ça ne suffit pas. Si tu veux apprendre des choses sur Zach, tu dois me promettre d'être mon acolyte l'année prochaine. »

« Ton acolyte ? »

Un sourire apparut sur le visage de l'arrière. « Hey, je ne connais pas la gloire sur la glace, mais au BC Children's, je suis un super-héros. Ces gosses m'adorent. »

« Ok, je serai ton acolyte. Mais ne force pas à porter des collants, c'est tout, ça te va ? »

« Excellent. » Patrick se frotta les mains comme un scientifique fou. « J'ai hâte d'y être, M. Kelly. »

Ben tapota la photo. « Revenons-en à mon fils. »

C'était tellement étrange d'appeler le garçon sur la photo « mon fils », mais plus il le disait, plus cela lui semblait naturel.

« Qu'est-ce que tu veux savoir ? »

« C'était son plat préféré ? Sa couleur préférée ? Son équipe de hockey préférée ? »

Patrick eut un petit rire qui interrompit le déluge de questions qui sortait de la bouche de Ben. « Je sais qu'il aimait les pizzas - la hawaïenne pour être précis - parce qu'il se plaignait quand il ne pouvait pas en manger. »

« Et pourquoi ? »

Le visage de son ami se relâcha tandis qu'une expression sombre et hagarde le traversait. « Écoute, Ben, je sais que tu ne sais pas grand-chose à propos des hôpitaux pour enfants, mais là où Zach était... eh bien ce n'était pas vraiment que des parties de plaisir et des jeux. Ces enfants passent par beaucoup de souffrances - les opérations, les traitements - et pourtant d'une certaines manières ils essayent toujours de trouver un moyen d'être des gamins normaux. »

« La belle-mère de Hailey m'a dit qu'il était mort d'une tumeur cérébrale. »

Patrick acquiesça. « Cette photo a été prise un bon jour, quand il était lucide et qu'il pouvait te faire un sourire qui aurait fait fondre ton cœur. Si c'était juste après une série de chimio difficile, tout ce qui était acide aurait brûlé sa bouche - donc pas d'ananas - mais il réussissait toujours à afficher un visage courageux. Et si c'était un mauvais jour... »

Les pensées de Ben se tournèrent immédiatement vers Hailey. Qu'est-ce qu'elle faisait quand Zach était trop malade pour sourire ? Comment est-ce qu'elle avait fait pour tout gérer ?

« Il a passé presque trois mois dans sa chambre d'hôpital. Je le sais parce que j'ai mis un point d'honneur à m'arrêter toutes les semaines. Il y a tellement d'enfants là-bas qui vont mieux et qui rentrent chez eux. Quand j'ai continué à la voir semaine après semaine, j'ai su que ce n'était pas bon. Quand il n'était pas d'humeur à parler, des fois je discutais avec sa mère, c'est pour ça que ton intérêt soudain pour un gamin que tu as nié avoir m'intrigue. »

« Parce que jusqu'à hier 'ignorais qu'il existait au propre comme au figuré. » Ben leva les bras en l'air. « Hailey a essayé de me contacter, et Larry lui a envoyé une lettre lui disant que je disais que je ne la connaissais pas, sans m'avoir posé la moindre question sur la situation. S'il l'avait fait, j'aurais été aux côté de Zach sans aucune hésitation. »

Patrick le regarda comme s'il le passait au détecteur de mensonge pendant trente bonnes secondes avant de hocher la tête. « Laisse-moi deviner, Hailey et toi vous vous êtes retrouvés pendant que tu étais à Cascade ? »

« Comment tu sais ça ? »

« En plus du fait que tu as la photo de Zach ? J'ai appris à connaître la famille, tu te souviens ? Je sais par quoi ils sont passés. J'ai même reçu une lettre de remerciement après la mort de Zach. Si elle ne m'avait pas envoyé une des ondes 'bas les pattes', j'aurais essayé quelque chose avec elle. »

« Tu aurais dragué la mère d'un gamin en train de mourir ? »

« Je lui aurais du temps pour faire son deuil, mais soyons honnête, non seulement Hailey est séduisante, mais elle s'y connaît en hockey. Tu savais qu'elle venait juste d'entrer dans l'équipe féminine de développement quand elle a découvert qu'elle était enceinte ? »

« Ça ne m'étonne pas du tout. Elle essaye à nouveau de rentrer dans l'équipe. »

« Vraiment ? Ce serait génial qu'elle soit dans mon équipe à Sotchi. »

« Ton équipe ? »

« Tu n'as pas entendu la nouvelle ? », Patrick gonfla le torse. « On m'a demandé d'être de nouveau dans l'équipe du Canada. Au fait, Zach adorait tenir ma médaille d'or des Jeux de Vancouver. »

« Ouais, ouais, remue le couteau dans la plaie. » Ben avait été le gardien pour l'équipe des États-Unis, et il était reparti avec une médaille d'argent après avoir perdu contre le Canada. « Mais si elle rentre dans l'équipe, tu n'auras pas le droit de la draguer. »

« Pourquoi ? À moins qu'elle n'est déjà plus libre ? »

« Si j'arrive à faire en sorte qu'elle me pardonne, elle ne le sera pas. Maintenant, revenons à Zach. »

Ben écoutait attentivement tandis qu'il apprenait plus de choses sur son fils que ce que l'album ne pourrait jamais lui montrer. Zach adorait jouer aux jeux vidéo et parfois il trichait pour gagner. Il gagnait une perle spéciale des Whales de Vancouver à chaque fois qu'il avait une séance de chimiothérapie et il en avait fait un collier. Il voulait grandir et jouer au hockey. Et il n'avait pas mentionné son père une seule fois.

Ben commanda un autre pichet de bière pour pouvoir soutirer autant d'informations que possible à Patrick, et au moment où il quitta le Global Grill, il avait enfin l'impression de connaître un peu son fils.

Maintenant, il devait prouver à Hailey qu'il voulait en savoir plus.

CHAPITRE SEIZE

« Adam, j'ai merdé. »

Ce n'était pas la manière idéale de commencer une conversation avec son frère aîné, mais Ben ne savait pas comment amener les choses autrement. Après avoir parlé avec Patrick jusque tard dans la nuit, il était rentré chez lui avec l'intention d'élaborer un plan le lendemain matin pour montrer à Hailey combien il regrettait et pour la supplier d'avoir une autre chance.

Midi était passé depuis longtemps et il n'avait toujours aucune idée sur où commencer.

Adam s'éclaircit la gorge. « Ce n'est pas quelque chose que je m'attendais à entendre de ta part. De Frank, sans l'ombre d'un doute. Peut-être d'Ethan ou de Caleb. Mais pas de ta part. »

« En fait, j'ai été sacrément doué. »

« Dis-moi juste ce qui s'est passé pour que je sache s'il faut prendre un avocat. »

« Ce n'est pas quelque chose dans le genre. » Du moins il l'espérait. Hailey n'avait jamais essayé d'intenter une action en justice contre lui, mais il savait qu'elle aurait pu le faire si elle l'avait voulu. « Ça un rapport avec cette femme à Cascade. »

« Celle avec les cheveux bleus, c'est ça ? »

« Non... Je veux dire oui, c'est elle, mais ses cheveux ne sont plus bleus et... » Il s'effondra sur le canapé. « Oh, et puis merde ! L'autre jour j'ai découvert que j'avais un fils. »

Maintenant c'était au tour d'Adam de lâcher un mot de cinq lettres. « Mais comment c'est arrivé ? »

« Si je dois t'expliquer ça, alors tu ne devrais pas te marier. »

« Ah ah, très drôle. » Adam marqua une pause. « Revenons en arrière une minute. Tu as dit que tu *avais* un fils. »

« C'est juste. Il est mort il y a un peu plus d'un an. »

« Merde, Ben. » Adam prit une profonde inspiration et expira lentement. « Tu n'en as pas parlé à maman, pas vrai ? »

« Tu plaisantes ? Même si je survivais à l'engueulade pour avoir mis en cloque une fille avec qui je n'étais pas marié, elle ne me pardonnerait jamais de l'avoir privée d'une chance de connaître son seul petit-fils. »

« À ce qu'on sait. J'ai toujours peur qu'Ethan ou Frank aient deux ou trois enfants de l'amour qui traînent quelque part. »

« Mais pour répondre à ta question, non, je ne lui ai pas dit. Hailey me fait toujours la gueule et je n'ai pas besoin de deux femmes qui me fassent culpabiliser. »

« Pourquoi j'ai l'impression que cette conversation a pour but de trouver un moyen de revenir dans ses bonnes grâces ? »

« Parce que c'est le cas. » Ben étira ses jambes en regardant le plafond. « Quand j'ai réalisé que c'était la bonne, j'ai voulu voir si on pouvait transformer cette aventure d'un soir en quelque chose de plus. »

« On dit que tu as déjà réussi. »

Ben se leva d'un bond. « Putain, Adam, je t'appelle pour avoir des conseils. »

« Maintenant on est quitte pour ton petit coup bas de tout à l'heure. Continue. »

Ben eut soudain l'impression que sa peau était deux fois trop petite pour lui. « Je suis fou d'elle, mais j'ai toujours eu l'impression qu'elle me cachait quelque chose. »

« Sans rire. Alors qu'est-ce que tu as fait quand elle a fini par te parler de ton fils ? »

« Ce n'est pas elle qui me l'a appris - c'est ça le hic. C'est sa belle-mère qui me l'a dit. Et j'ai perdu mes moyens. Je l'ai accusé de m'avoir caché la vérité, de m'avoir privé d'une chance de le connaître, de m'utiliser pour mes relations. J'ai lui ai dit des choses blessantes avant de quitter la ville. »

« Et certaines d'entre elles étaient vraies ? »

« Non, mais malheureusement je n'en savais rien jusqu'à hier, quand j'ai commencé à faire des rapprochements. »

« Donc il va falloir plus que des excuses et un bijou. »

« Beaucoup plus. Tu verrais l'œil au beurre noir qu'elle m'a fait. »

« Tu sais, peut-être qu'on devrait continuer cette conversation sur FaceTime… »

« Pas moyen », dit Ben en riant, sa conscience s'éclaircissant enfin. « Mais j'ai besoin d'idées sur ce que je pourrais faire pour lui monter que je m'en veux et pour la supplier d'avoir une autre chance. »

« Tu veux vraiment réessayer ? Ce n'est pas comme si tu avais les meilleurs antécédents. »

Ben frotta sa poitrine en remarquant combien elle semblait vide depuis que Hailey n'était plus là. Et il ne voulait même pas essayer d'expliquer combien il avait du mal à trouver le sommeil sans elle à ses côtés. « Ouais, c'est vrai. Je crois que je suis amoureux d'elle. »

« Qu'est- ce qui vous fait penser ça ? »

« Tu te souviens de ce que tu m'as dit le mois dernier à propos du fait de rencontre quelqu'un et de ressentir ce lien spécial ? Eh bien ça a toujours été comme ça avec Hailey, depuis la première nuit où je l'ai rencontrée. Le mois qui vient de passer n'a fait que me montrer à quel point on est en osmose. »

« À l'exception de toute cette histoire de secret à propos

du bébé. »

Ben soupira avant de raconter tout le gâchis à cause du responsable des relations publiques de l'équipe. « Elle a essayé de m'en parler, mais je n'ai jamais reçu ses messages. Et pendant tout ce temps, elle pensait que j'avais nié que je la connaissais. Et le pire dans tout ça, c'est que quand je me suis énervé après elle l'autre soir, en fait elle était venue avec un album qu'elle avait fait sur Zach. »

« Alors elle essayait de t'en parler. » Adam se fit silencieux et le son de ses pas résonna sur la ligne. « Jusqu'où tu pourrais aller pour la récupérer ? »

« Au point où j'en suis, je ne m'opposerais même pas à me mettre à plat ventre sur une chaîne nationale. »

« Ouais, c'est une bonne chose pour le Canada. Tu peux t'humilier à la télévision là-bas, et il n'y a que l'équivalent de la population de la Californie qui en serait témoin. »

« Tu ne m'aides pas. »

« Je réfléchis. » Encore d'autres pas. Ben imagina Adam dans son bureau qui surplombait le lac Michigan en train de regarder à travers la fenêtre pendant que son esprit bouillonnait. « Est-ce qu'elle t'a déjà dit ce qu'elle voulait vraiment ? Ce qui la passionnait ? »

« C'est le hockey, et elle veut vraiment rentrer dans l'équipe canadienne pour les Jeux Olympiques. Mais je l'ai déjà aidée pour ça. »

« Je suppose que ça n'a rien à voir avec le fait que tu as demandé à Ethan de composer un morceau pour toi, pas vrai ? »

« Bingo. »

« On dirait que tu es vraiment fou d'elle. » Les pas s'arrêtèrent. « À moins de lui acheter une place dans l'équipe... »

« Elle n'acceptera jamais. Si elle rentre dans l'équipe, elle veut que ce soit parce qu'elle est douée, pas parce qu'on a graissé quelques pattes. »

« Je l'apprécie de plus en plus. D'abord l'œil au beurre noir, ensuit la bonne éthique professionnelle. »

« Peut-être que tu auras une chance de la rencontrer si j'arrive à arranger les choses. »

« J'ai l'impression que tu es sincère, peut-être que ça suffira. Dis-lui que tu regrettes. Demande une autre chance. Fais-lui savoir que tu veux vraiment tout savoir sur ton fils. Si elle peut voir que tu es honnête à propos de tout ça, alors elle devrait te pardonner. »

« Et si ce n'est pas le cas ? »

Adam fit une pause plus longue cette fois et Ben sentit son ventre se nouer. « Alors peut-être qu'elle n'est pas celle qu'il te faut. »

Il déglutit avec difficulté, mais rien ne pouvait déloger la boule due à la peur qui se formait dans sa gorge. « Je n'arrive pas à m'imaginer avec quelqu'un d'autre. »

« Alors croisons les doigts. » La sincérité des mots d'Adam le réconforta comme une main rassurante sur son épaule. « Par contre ne rate pas ton coup cette fois. »

« Je n'en ai pas l'intention. Et merci. »

« À ta disposition, petit frère. »

Adam raccrocha, mais Ben avait obtenu ce dont il avait besoin grâce à leur conversation. Il était temps de commencer à ramper. Il parcourut son répertoire à la recherche du numéro de Hailey et il lança l'appel. Le téléphone sonna encore et encore jusqu'à ce qu'il finisse par arriver sur sa boîte vocale.

Ben se figea. Un message, ce n'était pas suffisant. Il voulait lui faire ses excuses et entendre ses réaction, voir son visage pour savoir si elle les acceptait ou si elle les rejetait. Il raccrocha et il prit ses clés. Cascade n'était qu'à quelques heures de route, et si la chance était de son côté, Hailey serait de nouveau dans ses bras le soir même.

✳✳✳✳

Ben entra dans le Sin Bin et le regard glacial du

propriétaire le fit frissonner. Ce n'était l'accueil le plus chaleureux, mais à quoi pouvait-il s'attendra après ce qu'il avait dit à Hailey ?

« Qu'est-ce que vous faites ici ? », demanda le père de cette dernière.

« Je cherche Hailey. »

Le père se remit à essuyer le bar. « Elle n'est pas là. »

C'était le retour du traitement « nous-contre-eux », mais Ben ne se laisserait pas décourager. « Vous savez où je peux la trouver ? »

« Oui. »

Ben planta ses ongles dans ses paumes pour rester calme. Maintenant il savait d'où venait le côté obstiné de Hailey. Est-ce que Zach l'avait aussi ?

Cette idée étrange le piégea en arrivant de nulle part et l'obligea à prendre une profonde inspiration. Il ne s'agissait pas de lui. Il marcha jusqu'au bar lentement et avec détermination. « Est-ce que vous pourriez, s'il vous plaît, me dire où la trouver ? »

Le père de Hailey jeta son chiffon sur le bar et ses joues se teintèrent de rouge. « Je n'ai absolument rien à vous dire ! »

« Sam ! », dit Cindy sévèrement depuis la porte menant à la cuisine. Elle posa la main sur celle de son mari comme pour maîtriser l'homme massif. « Écoutons ce que Ben a à dire. »

« Il vaudrait mieux ça vaille le coup. » Sam Erikson croisa ses bras sur son torse. « Sinon, je vais vous faire savoir exactement ce que j'ai ressenti quand je suis rentré l'autre soir et que j'ai trouvé ma fille en larmes sous mon porche. »

Merde. Il l'avait fait pleurer.

La boule de peur refit son apparition, mais cette fois il réussit à la repousser jusqu'à son estomac. « Je suis ici pour m'excuser auprès d'elle - pour tout. »

Le visage de Cindy s'adoucit, mais celui du père de

Hailey restait fermé et marqué par les doutes. « Je crois que c'est trop tard pour ça », répondit-il, un grognement subsistant encore dans sa voix.

« Ce n'est pas à toi de décider », dit Cindy d'un ton apaisant. « Tu ne vois pas qu'il est complètement démoli à cause de leur dispute ? »

Le père de Hailey fixa son regard sur l'œil au beurre noir de Ben. « Pour moi ça avait l'air d'être plus qu'une dispute. »

Tu sais à quel point Hailey peut être soupe au lait. » Cindy tira sur les bras de son mari jusqu'à ce dernier les décroise. « En plus, il est l'heure de fermer. Pourquoi on ne s'assoirait pas tous ensemble autour de quelques bières et qu'on n'essayerait pas de tirer tout ça au clair ? »

Bien sûr, Cindy. Fais en sorte que la brute qui sert de père à Hailey soit saoul avant que je confesse que je suis celui qui a mis sa fille enceinte. Super idée.

Mais au moment où Sam sortit trois bouteilles de Labatt de la glacière, Cindy lui fit un clin d'œil et un petit sourire. « Laisse-moi fermer la porte d'entrée et on va tous s'installer dans ce box que tu aimes tellement, Ben. »

Ouais, comme ça quand le père de Hailey lui ferait un œil au beurre noir de l'autre côté, il n'y aura pas de témoins.

Mais à ce stade, aucune meilleure alternative ne lui venait à l'esprit. Ils savaient où se trouvait Hailey, et plus vite il pourrait les convaincre de lui dire où il pourrait la trouver, plus vite il pourrait commencer à arranger les choses. Il prit sa place habituelle et il attendit que les parents de Hailey s'installent en face de lui.

Sam lui tendit une bouteille ouverte. « Alors vous pensez que vous pouvez demander pardon à ma fille et tout arranger, hein ? »

Cindy caressa le bras de son mari. « Laisse-le gamin parler, Sam. »

Ben grimaça intérieurement en s'entendant qualifié de « gamin », mais si le fait d'obtenir leurs faveurs lui permettait de se rapprocher de Hailey, il pouvait le tolérer. « Je n'ai jamais su pour Zach. »

« N'importe quoi », grommela Sam avant de prendre une grande gorgée de bière.

« Non, vraiment. Larry, le mec chargé des RP de l'équipe m'a caché toutes les lettres de Hailey. Je n'en ai jamais reçu aucune. Si ça avait été le cas, j'aurais été aux côté de Zach tout de suite. »

« Eh bien il est un peu tard pour ça maintenant, vous ne croyez pas ? » Mais sous les mots amers du père de Hailey, Ben saisit une pointe de chagrin.

« Oui, je le sais bien, mais ça ne veut pas dire que je ne peux pas essayer d'en savoir plus sur mon fils. Hailey a laissé un album chez moi, et j'ai passé la majeure partie de la nuit dernière avec mon coéquipier, Patrick, pour apprendre tout ce que je pouvais à propos de Zach. » La voix de Ben se brisa quand il ajouta : « Il avait l'air d'être un enfant génial. »

Sam leva les yeux vers Ben avant de prendre autre longue gorgée. « Il l'était. »

Cindy enroula son bras autour de celui de son mari et elle posa sa tête sur son épaule. « Cette petite canaille me manque toujours. »

« Et c'est une des raisons pour lesquelles je suis revenu. Je voulais m'excuser auprès d'Hailey pour ce que je lui ai dit quand j'ai tout découvert. Je veux lui demander de me donner une autre chance. Mais par-dessus tout, je veux en apprendre plus sur mon fils de la bouche de la personne qui le connaissait le mieux. Même si elle ne me reprend pas, j'espère qu'elle pourra au moins m'aider à en apprendre plus sur lui. »

Les yeux de Cindy devinrent humides et elle leva son visage vers Sam. « Qu'est-ce que tu en dis ? On devrait lui dire ? »

« Bien. » Sam vida sa bouteille et il tendit son bras devant lui, arrivant à quelques centimètres du torse de Ben. « Hailey est à Calgary. »

Le pouls de Ben s'accéléra. « Calgary ? »

Un petit rictus apparut sur la bouche du père de Hailey. « Hier matin, elle a reçu un appel de l'entraîneur en chef de l'équipe nationale. Apparemment il a suffisamment aimé la vidéo que vous avez montée pour la voir en action. »

« Elle a obtenu une épreuve de sélection ? » Son cœur bondit dans sa poitrine à la pensée qu'il était celui qui lui avait offert la chance de rentrer dans l'équipe olympique.

« Ils lui ont même proposé de lui payer le vol jusque là-bas. Elle est partie ce matin et elle doit se présenter dans les installations de formation à la première heure demain matin. »

Ça voulait dire qu'il pouvait encore la retrouver là-bas s'il arrivait à prendre le prochain vol. « Vous savez dans quel hôtel elle est ? »

« Est-ce que c'est important ? Cette fille dormirait sur la glace si on la laissait faire », dit Cindy en riant. « Mais son épreuve éliminatoire commence à dix heures. »

Ben bondit hors du box et sortit son téléphone. Avec de la chance, il pourrait affréter un vol et être là-bas en quelques heures. « Merci à tous les deux. »

« Attends une minute, mon chou. » Cindy le rattrapa avant qu'il n'atteigne la porte. « J'ai fermé, tu te rappelles ? Tu ne veux pas foncer dans cette porte et que la pauvre Hailey pense que son père t'as mis une raclée ? »

Il se pencha pour déposer un baiser sur la joue de la petite femme, sans se soucier si cet acte testerait davantage la patience de Sam. « Merci encore. »

Son téléphone se mit à sonner quand il sortit dans la rue. Au moment où l'agent répondit, il dit : « J'ai besoin d'aller à Calgary aussi vite que possible. »

Il n'allait pas rater cette occasion de voir Hailey impressionner le monde entier.

CHAPITRE DIX-SEPT

Hailey resserra sa prise sur le sac contenant son équipement et elle fixa l'entrée du centre Markin MacPhail. Elle y était, le domicile et les installations d'entraînement de l'équipe nationale et elle allait avoir sa chance de considérer cet endroit comme sa maison jusqu'à Sotchi. C'était le jour qu'elle attendait avec impatience depuis qu'elle avait fait sa promesse à Zach.

Et pourtant, elle était sur le point de vomir. Son petit-déjeuner débordait de son estomac et ses paumes étaient moites dans l'air humide du matin.

Ben était la seule raison pour laquelle elle était là.

Le fait de l'admettre rongeait son esprit, mais c'était la vérité. Elle avait joué dans une relative obscurité à Cascade, en attendant le jour où une personne extérieure à la ville remarquerait ses compétences. Mais ce n'avait été que lorsque Ben avait fait cette vidéo et qu'il l'avait placée dans les bonnes mains qu'elle avait reçu l'appel.

Elle frotta sa main sur le contour de son téléphone qui se trouvait dans sa poche. Il l'avait appelé la veille au soir, mais elle n'avait pas répondu. Elle était trop concentrée sur le fait de se préparer psychologiquement aux épreuves de sélection pour avoir envie de lui parler. À présent, elle regrettait de ne pas avoir décroché le téléphone, ne serait-ce que pour lui dire là où elle était.

Et peut-être même pour le remercier.

Elle était passée à son chalet le matin précédent sur son

chemin vers l'aéroport, mais il était vide. Est-ce qu'il reviendrait un jour ?

« Hailey ! »

Elle frotta son oreille en se demandant si elle avait imaginé le fait d'entendre Ben appeler son nom. Mais lorsqu'elle l'entendit de nouveau, elle se retourna et elle le vit en train de courir vers elle. Ses cheveux partaient dans toutes les directions et une barbe de trois jours couvrait ses joues, mais il était là, en chair et en os.

Elle laissa tomber son sac tandis qu'il se rapprochait. « Qu'est-ce que tu fais là ? »

Il ralentit, sa poitrine se soulevant et les mots sortant de sa bouche l'un après l'autre. « Je suis venu te chercher. »

La bouche de Hailey devint sèche. « Pourquoi ? »

« Parce que je... » La phrase de Ben s'arrêta brusquement, et il la regarda comme s'ils étaient de nouveau allongés l'un à côté de l'autre dans son lit. « Putain, Hailey, je suis désolé. »

Puis il l'attira dans ses bras et il l'embrassa jusqu'à ce qu'aucun d'entre eux ne puissent plus respirer.

Elle tenta faiblement de le repousser quand le baiser se termina. « Ça n'explique toujours pas pourquoi tu es là. »

« Je ne voulais pas perdre un autre instant. » Il prit son visage dans ses mains, ses yeux d'un bleu ardoise la suppliant. « Je suis désolé, Hailey. Je suis désolé de t'avoir dit ces choses l'autre soir. Je suis désolé que Larry t'ai envoyé cette lettre sans que je le sache. Je suis désolé de n'avoir jamais accepté les invitations de Patrick de l'accompagner pendant ses visites à l'hôpital pour enfants. Je suis désolé de n'avait jamais eu une chance de connaître notre fils. Et je suis désolé pour tout ce que j'ai fait qui t'a fait de la peine pendant toutes ces années. »

La vision de Hailey était devenue floue lorsque Ben avait appelé Zach *notre fils*, et une boule d'émotions bloqua sa gorge. « Ben, je... »

Il la fit taire avec un autre baiser. « Je suis là pour te

supplier de me donner une autre chance, de me parler de notre fils et peut-être même d'envisager un futur avec moi. »

« Ce n'est pas aussi simple que ça. » Le cœur de Hailey chancelait. Elle avait beau avoir envie de le reprendre, elle n'était pas sûre de pouvoir prendre le risque cette fois. La douleur dans sa poitrine était plus vive que jamais. Elle essaya le forcer à baisser ses bras, mais il tenait bon. « Ben, je t'en prie. »

« Non, pas tant que tu n'accepteras pas de me donner une autre chance ou que tu ne me diras pas d'aller me faire voir. »

Elle rit malgré elle et elle se pencha vers lui, reposant sa tête sur son épaule et enfonçant ses doigts dans sa chemise froissée. « Putain, Ben, pourquoi tu dois faire ça maintenant ? »

« Parce que c'est comme je te l'ai dit, j'ai déjà perdu neuf ans, et je ne vais pas te laisser m'échapper encore une fois. » Il serra ses bras autour d'elle, son cœur cognant à un rythme régulier dans sa poitrine. « Je t'aime. »

Hailey eut le souffle coupé, et elle eut l'impression que la terre arrêtait de tourner. Elle leva la tête. « C'était quoi ça ? »

Il fit courir son doigt le long de sa lèvre inférieure et il sourit. « Tu m'as bien entendu, Hailey. Je t'aime. »

Même si elle avait envie de lui dire qu'elle ressentait la même chose, l'expérience l'empêcha de prononcer ces mots. « Tu le penses vraiment ? Ou est-ce que tu dis ça juste pour que je revienne dans ton lit ? »

Il grimaça et il recula d'un pas. « Je ne m'attendais pas à ça. »

Elle ferma les yeux et elle poussa un grognement de frustration. « Ce n'est pas ce que je voulais dire. C'est juste que je me suis brûlée les ailes deux fois et que je ne suis pas sûre de pouvoir supporter de revivre ça. »

« Et j'aimerais pouvoir promettre que je ne te ferai plus

jamais de mal, mais je sais qu'on ne vit pas dans un conte de fées où tout le monde est sûr de vivre heureux pour toujours. C'est la vraie vie, et tous les couples ont leurs hauts et leurs bas. » Il prit sa main dans la sienne. « Mais il n'y a personne d'autre que toi avec qui je voudrais traverser ces hauts et ces bas. »

La dernière résistance de Hailey s'effondra et elle entrelaça ses doigts avec les siens. « Je suis désolée de ne pas t'avoir parlé de Zach tout de suite. »

« Je comprends pourquoi tu ne l'as pas fait. »

« Et je sais que tu n'as jamais eu l'intention de me faire du mal. »

« Et j'espère que je ne le ferai plus jamais. »

C'était ce qu'il pouvait lui offrir qui ressemblait le plus à une promesse, et en réalité elle était contente qu'il ne lui promette pas de ne jamais lui faire de peine. Désormais ils étaient tous les deux plus vieux et plus sages, et ils en savaient suffisamment pour ne pas avoir d'attentes irréalistes. Mais cela suffisait pour faire fondre son cœur, pour la ramener dans ses bras et pour lui donner le courage de dire : « Moi aussi, je t'aime. »

Cette fois, quand il l'embrassa, leur baiser fut lent et doux, il semblait être un prolongement de toutes les émotions qu'elle ressentait dans son cœur - les bonnes comme les mauvaises. Mais au fil du temps, le positif se plaça au premier plan et étouffa le mauvais jusqu'à ce qu'elle ne le voie plus. Ben l'aimait et il voulait un futur avec elle, et tout comme lui, elle ne pouvait pas imaginer vivre les hauts et les bas que la vie jetaient sur son chemin avec une autre personne que que lui.

Un tremblement de désir naquit à la base de sa colonne et vibra dans tout son corps jusqu'à ce que ses lèvres frémissent de nouveau contre les siennes. Elle mit fin au baiser. « Désolée, mais si on continue comme ça, je vais finir nue à côté de toi et je vais manquer mon épreuve de sélection. »

Ben appuya son front contre le sien et il sourit. « Je ne permettrais pas que ça arrive. Tu as mérité cette occasion en or et je veux que tu ailles là-bas et que tu leur prouves que tu es une Olympienne jusqu'au bout des ongles. »

« Je suis d'accord. J'ai fait une promesse à notre fils et j'ai l'intention de la tenir. Mais après ça... »

« On peut visiter les douches et tu pourras tout me raconter sur ta journée. »

« Ça me semble bien, vraiment. »

« Vivons juste un jour à la fois. » Ben se pencha vers elle. « Maintenant va là-bas et impressionne-les. »

Il lui donna un dernier baiser avant de la laisser partir et de sortir son téléphone. « Appelle-moi quand tu as fini. »

« D'accord. » Elle se tourna vers l'entrée du centre d'entraînement, plus du tout intimidée par ce dernier. Ben avait dit qu'il s'agissait de son occasion en or, et elle ne voulait pas partir avant d'avoir une médaille d'or autour du cou. Elle hissa le sac contenant son équipement par-dessus son épaule et elle passa la porte d'entrée comme si elle avait toujours été là.

Un homme et deux femmes se tenaient dans l'entrée, observant quelque chose sur une tablette. Dès que l'homme la vit, il vint vers elle et il lui tendit la main. « Vous devez être Hailey. »

« Oui, c'est moi. » Elle serra sa main. « Vous êtes Dan ? »

« Oui, c'est moi. Bienvenue chez l'équipe de hockey du Canada. » Il la conduisit dans un endroit où elle put voir la patinoire d'envergure internationale avec le logo officiel au centre du cercle de mise en jeu. « Qu'est-ce que vous pensez ? »

Elle étudia la patinoire et elle prit une profonde inspiration, inhalant l'odeur de la glace fraîche. « Je pense que la glace est en train de m'appeler. »

« Alors mettez votre équipement et voyons ce que vous

valez. » Il hocha la tête en direction des femmes qui l'emmenèrent dans les vestiaires.

Les autres femmes de l'équipe étaient en train de partir au moment où elle arriva. Son cœur palpita quand elle passa devant des joueuses qu'elle avait hâte d'imiter. Peut-être que si elle avait de la chance elle pourrait les appeler des coéquipières. Elle s'assit sur un des bancs et elle visualisa de nouveau l'épreuve de sélection tandis qu'elle enfilait ses patins. Elle allait les impressionner, tout comme Ben avait dit qu'elle le ferait.

Et tout comme Zach savait qu'elle le ferait.

Elle laça ses patins et elle prit une autre profonde inspiration avant d'entrer sur la glace.

Chapitre dix-huit
7 février 2014

Le cœur de Hailey voulait jaillir hors de sa poitrine lorsqu'elle entra dans le stade olympique Ficht. Sa respiration se gela devant sa bouche dans un nuage blanc, formant un contraste saisissant avec la mer de maillots rouges qui l'entouraient. C'était le jour qu'elle avait attendu toute sa vie, mais après avoir en avoir rêvé aussi longtemps, elle avait besoin de se pincer pour être sûr que c'était vrai.

« Les recrues », grommela Patrick derrière elle tandis qu'il lui donnait un petit coup de coude espiègle. « Continue de bouger, Hailey. Tu retardes le reste de l'équipe. »

Un sourire apparut sur son visage, et elle trébucha vers l'avant, brandissant son drapeau canadien avec fierté. Le défilé des nations était bien avancé maintenant, et le Canada avait été classé dans les K à cause de l'orthographe russe. Tout le corps de Hailey bourdonnait d'excitation. Aujourd'hui, elle pouvait enfin dire qu'elle était une olympienne.

Elle se pencha vers Patrick. « Je n'arrive pas à croire que je suis vraiment là. »

« Moi si. Ben nous a montré les images de toi en train de jouer avant que tu n'entres dans l'équipe, et je sais que les médias ont fait de toi leur nouvelle chouchoute. »

Elle rit. Après être rentrée dans l'équipe, elle avait tout refoulé, sauf Ben et le hockey. Ce n'avait été qu'après un journaliste ait finalement réussi à la suivre après un match d'exhibition et à lui demander une interview qu'elle avait compris qu'elle était remarquée par les médias. Elle avait accepté la brève interview, choisissant de suivre l'exemple de Ben consistant à faire profil bas, mais quand le reporter avait appris la promesse qu'elle avait faite à Zach, l'histoire s'était répandue comme une traînée de poudre.

À présent, elle recevait chaque jour des lettres provenant de mères qui avaient perdu un enfant suite à une maladie, de fans qui lui souhaitaient le meilleur et d'enfants qui voulaient en faire leur idole. C'était presque écrasant, mais elle essayait de faire de son mieux avec toutes les lettres et les e-mails, tout en restant concentrée sur le hockey.

Au moment où ils s'installèrent pour le reste des cérémonies d'ouverture l'équipe des États-Unis se préparait à entrer. Hailey fit un effort pour essayer d'apercevoir Ben dans le méli-mélo de rouge, de blanc et de bleu, mais elle ne le vit pas. À la base, il avait exprimé des doutes à propos du fait de jouer de nouveau pour l'équipe des États-Unis, mais après qu'elle lui eut lancé un défi, il se montra de nouveau à la hauteur. « Tu l'as vu ? », demanda-t-elle à Patrick.

« Oh oui, laisse-moi juste utiliser ta vision de Superman pendant une seconde. Voyons, Hailey. Je sais que les deux tourtereaux que vous êtes ne peuvent quasiment pas rester loin de l'autre, mais je pense que tu peux supporter de passer les quelques heures qui viennent sans lui. En plus, est-ce qu'il ne t'a pas dit qu'il t'appellerait quand la torche arriverait ? »

« Si. » Elle se frotta les mains et elle laissa cette pensée la réchauffer de l'intérieur. Ben avait promis de venir avec elle à Sotchi, mais c'était encore mieux de savoir qu'il était là lui aussi en tant qu'athlète.

Une fois le défilé des nations terminé et une fois qu'ils eurent tous prononcé le serment olympique, Hailey sortit le téléphone qui avait été remis à tous les athlètes olympiques et elle attendit l'appel de Ben. Il avait dit qu'il voulait voir son visage quand le chaudron serait allumé, et elle était plus que ravie de lui rendre service.

La torche olympique entra dans le stade et son téléphone vibra. Hailey retira sa moufle pour accepter l'appel, et un instant plus tard le visage de Ben apparut sur l'écran.

« Salut, beauté. Tu es prête pour ça ? »

« Je suis prête. »

« Bien, parce que ça se rapproche de toi. »

L'athlète portant la torche la dépassa en courant et sa peau frémit. C'était réel. Elle était là et elle se rappellerait toujours de cet instant.

Patrick se pencha pour rentrer dans le champ de son téléphone. « Salut Kelly, même si je t'adore pendant la saison régulière, quand j'ai cet uniforme, tout est possible. Vous allez perdre. »

« Je t'attends », dit Ben avec un sourire sûr de lui. « J'ai hâte de bloquer tes palets. »

Hailey repoussa Patrick. « Les mecs, je pensais que les Jeux Olympiques étaient censés être une histoire de bonne volonté internationale et de compétition amicale. »

« Je suis amical », rétorqua Patrick en faisant la moue.

« Ouais, tu devrais entendre ce qu'il dit sur la glace », ajouta Ben.

« Taisez-vous tous les deux. Ils sont sur le point de l'allumer. »

Hailey retint sa respiration lorsque la torche se rapprocha du chaudron. Une seconde plus tard, ce qui avait commencé par une flamme minuscule était devenu un feu de joie rugissant. Sa poitrine se gonfla de fierté et elle oublia le froid mordant de l'hiver russe. Elle ne pourrait jamais oublier cet instant.

« Il n'y a pas de mots pour décrire ça, pas vrai ? », demanda Ben.

Elle secoua la tête.

« Eh bien, peut-être que tu pourrais me donner une

réponse à cette question. Est-ce que tu veux m'épouser ? »

Elle resta bouche bée et elle baissa les yeux vers le visage de Ben sur l'écran en se demandant si elle avait bien entendu ce qu'il venait de dire. « C'était quoi ça ? »

« Je sais que ce n'est pas très conventionnel, mais pense à l'histoire qu'on pourra raconter à nos enfants. J'ai même embauché Patrick. »

Elle tourna la tête sur le côté pour voir Patrick qui tenait un petit écrin en velours. « C'est ce que je pense ? »

Ben acquiesça. « Est-ce que tu vas dire oui ou non ? »

« Ouais, le suspense est en train de me tuer », ajouta Patrick avec une pointe de sarcasme, « et je ne suis même pas celui qui fait sa demande. »

Elle rit, faisant disparaître les larmes qui lui étaient montées aux yeux, puis elle hocha la tête. « Oui Ben, je serai ta femme, mais seulement après les Jeux. »

Le sourire de Ben était tellement éclatant qu'elle pouvait presque ressentir sa joie. « Pas de problème. J'espère que tu aimes la bague. Je l'ai faite faire exprès pour toi. »

« C'est vrai ? » Elle ouvrir l'écrin en velours et elle suffoqua. Au lieu d'un solitaire en diamant, il avait fait faire une réplique des anneaux olympiques en utilisant différentes pierres précieuses colorées. Elle la glissa à son doigt et elle la fixa, ébahie. « Je l'adore. »

« C'est ce que je me suis dit. Profite du reste des cérémonies, Hailey, on se voit une fois qu'elles seront terminées. Je suis sûre que nos familles sont impatientes d'entendre la bonne nouvelle. »

L'écran devint noir, mais cela n'assombrit pas les pensées de la jeune femme. Patrick fut le premier à la féliciter, suivi par d'autres membres de l'équipe. Le reste de la soirée passa dans une sorte de brouillard jusqu'au moment elle put enfin retrouver Ben. Elle s'appuya sur lui et elle jeta ses bras autour de son cou.

« Je crois que c'est une nuit qu'aucun de nous deux

n'oubliera jamais », dit-il en l'attirant plus près de lui et en faisant courir ses doigts le long de la mèche de cheveux qu'elle avait fait teindre en bleu comme pour se rappeler de la nuit où ils s'étaient rencontrés pour la première fois.

« Je suis d'accord. » Le désir bouillonnait en parcourant sa colonne et leurs corps se pressèrent l'un contre l'autre. Elle doutait de pouvoir un jour se lasser du fait d'être dans ses bras. « Je t'aime, Ben. »

« Et moi aussi je t'aime, Hailey. » Sans toi, je ne serais pas là et j'ai hâte de passer le reste de l'éternité avec toi. »

« Alors commençons dès maintenant », répondit-elle avant qu'il ne baisse ses lèvres vers les siennes encore une fois.

Note aux lecteurs

Cher lecteur,

Merci !

Merci d'avoir lu *Le match de la seduction.* J'espère qu'il vous a plu.

· Est-ce que vous aimeriez savoir quand mon prochain livre sera disponible ? Vous pouvez vous abonner à ma newsletter sur mes nouvelles parutions sur www.cristamchugh.com, me suivre sur Twitter sur @crista_mchugh, ou aimer ma page Facebook sur http://facebook.com/cristamchugh.

· Les avis aident les autres lecteurs à trouver des livres. J'apprécie tous les commentaires, qu'ils soient positifs ou négatifs.

Et juste pour cette saga, j'ai un site web spécial qui contient plus d'informations sur Les frères Kelly, des listes de lecture, des recettes et des bonus, tout cela juste pour mes lecteurs. Vous pouvez le consulter sur www.thekellybrothers.cristamchugh.com

--Crista

Made in the USA
Middletown, DE
19 May 2015